Stig Ericson

Die Abenteuer der Weißen Feder

Der Autor:

Stig Ericson wurde 1929 in Stockholm geboren. Er studierte unter anderem Musik und Graphik. Von 1948 bis 1958 verdiente er seinen Lebensunterhalt als Jazzmusiker, und von 1956 bis 1962 war er Volksschullehrer. 1963 ging er als Redakteur zum Stockholmer Bonniers Verlag, bis er zusammen mit Hans-Eris Hellberg einen eigenen Verlag gründete.
Stig Ericson ist 1986 gestorben.

Stig Ericson

Die Abenteuer der Weißen Feder

Aus dem Schwedischen
von Birgitta Kicherer

anrich:*extra*

Titel der schwedischen Originalausgabe:
VITA FJÄDERNS ÄVENTYR BLAND
BLEKANSIKTEN

gerold anrich verlag, D-4178 Kevelaer
Titelillustration: Susanne Schwandt
Innenillustrationen: Nils Stödberg
Gesamtherstellung: Ebner Ulm
ISBN 3-928352-12-1

Inhalt

Sei mutig, mein Sohn

Es geschah vor vielen Jahren, im Monat der Schwarzkirschen – in der Jahreszeit, die von den Weißen Herbst genannt wird.

Weiße Feder und ein paar andere Jungen spielten auf dem grünen Hang zwischen dem Lager und dem Fluß *can-wa-ya-pi*, das Kreiselspiel. Sie peitschten die Kreisel mit kleinen Lederriemen. Die Kreisel sangen und surrten. Es war ein schöner Tag mit Sonnenschein und weißen Wolken, und hoch oben kreiste *Wangbli*, der Adler.

Plötzlich ertönten Stimmen aus dem Lager:

„Ein weißer Mann. Ein weißer Mann kommt . . ."

Das Lager des Lakota-Stammes lag weit entfernt von den Häusern der Weißen. Man mußte einen halben Tag reiten, um dorthin zu kommen, zu der geheimnisvollen „Agentur“. Daher hatte Weiße Feder noch nie einen weißen Mann von nahem gesehen, obwohl er schon seinen zehnten Sommer erlebt hatte.

Aber er hatte schon viel von den Weißen gehört. Und er wußte, daß er sich vor ihnen in acht nehmen mußte!

Sie hatten Haare im Gesicht und erinnerten an Bären ohne Schnauze. Sie rochen schlecht. Sie hatten große Ohren. Sie hatten auch große Macht. Sie besaßen *mazawakan,* heilige Eisen, die auf große Entfernung töten konnten.

Und nicht nur in der Agentur gab es Weiße. Im Osten, wo die Sonne aufging, gab es unzählige Weiße.

„Es gibt mehr Weiße, als es Laub auf den Bäumen und Grashalme auf dem Erdboden gibt. Sie sind so zahlreich, daß ihr eigenes Land nicht mehr für sie ausreicht. Deshalb wollen sie jetzt auch unser Land haben, die Jagdgründe unserer Väter.“

So hatte Grauer Bär an einem Abend vor vielen

Wintern gesprochen, und sein Gesicht war finster gewesen.

Grauer Bär war der Häuptling des Lagers und der Vater der Weißen Feder. Er war ein großer Jäger und ein guter Führer für sein Volk. Früher hatte er sich oft Spiele und lustige Possen ausgedacht – jetzt war er schweigsam und verbittert. Viele nannten ihn den Schweigsamen.

Weiße Feder bewunderte seinen Vater und hatte große Ehrfurcht vor ihm. Und er wagte selten, sein Schweigen zu stören.

Die Jungen nahmen ihre Kreisel und liefen den Hang hinauf. Zwischen den Zelten kam eine sonderbare Gestalt angeritten. Sie trug dunkle Kleider und einen hohen, blanken Hut, der in der Sonne glänzte. Kinder und Erwachsene scharten sich um den Fremdling.

Weiße Feder ging näher hin, und jetzt sah er, daß es sein Vater war.

Sein Vater – in Kleidern des weißen Mannes!

Grauer Bär ritt langsam durch die Zeltreihen. Er stieg vom Pferd ab und ging in sein *tipi* hinein. Die anderen waren in einiger Entfernung stehengeblieben. Sie sahen einander an, wechselten ein paar Worte – und dann gingen sie wieder ihren Beschäftigungen nach.

Sie wußten, daß es keinen Sinn hatte, dem Schweigsamen Fragen zu stellen. Er würde früh genug zu ihnen sprechen.

Grauer Bär hatte eine weite Reise hinter sich. Zusammen mit einigen anderen Lakota-Häuptlingen war er bei dem Großen Vater* gewesen, der über alle Weißen herrschte und jetzt auch über alle Roten. Sie waren dort gewesen, um Gerechtigkeit zu verlangen.
Während der letzten Büffeljagd hatten die Späher zahllose Büffel auf der Prärie verfaulen sehen. Sie hatten auch weiße Männer gesehen – schmutzige weiße Männer, die in Lehmhütten wohnten. Vor den Hütten lagen die Büffelhäute in großen Haufen. Die Häute würden in die großen Lager und Dörfer der Weißen gebracht werden. Dort würde man Bezahlung für sie erhalten. Geld.
Und in der Welt der Weißen besaß das Geld unerklärlich große Macht.

* Der Präsident der Vereinigten Staaten

Doch die Roten erhielten nichts davon. Sie bekamen kein Geld. Aber auf die Büffelhäute mußten sie verzichten, die sie so dringend für Kleider und Zelte brauchten. Und das Fleisch faulte in der Sonne. Was sollten sie dann in den Monaten der strengen Kälte und der kranken Augen machen, wenn der Schnee das Jagen erschwerte?
War es etwa *Wakan-Tankas,* des Großen Geistes, Absicht, das Fleisch nutzlos verkommen zu lassen? Sicher nicht.
Eigentlich müßten doch die Roten die Bezahlung erhalten – und nicht diese bleichen Jäger mit den haarigen Händen und Gesichtern.
Man müßte sie verjagen. Sie töten. Aber dann würden nur noch mehr kommen.
Und es galt nicht als ehrenvoll, einen Weißen zu töten.

All dies und noch viel mehr hatten Grauer Bär und die anderen Häuptlinge dem Großen Vater gesagt, und jetzt waren sie von der Reise zurückgekehrt.

In Kleidern des weißen Mannes.
Weiße Feder und seine Brüder und Schwestern standen in der Zeltöffnung und sahen zu, wie ihr Vater sich auf das Lager aus Fellen niederließ. Er sah müde aus. An den Kleidern haftete ein fremder Geruch.
Er nahm den Hut ab und streckte die Beine aus.
„Helft mir", sagte er und zeigte auf seine Füße.
Er hatte lange, blanke Fuß-Kleider an, die bis an die Knie reichten. Weiße Feder hatte noch nie zuvor so etwas gesehen. Aber er hatte davon gehört. Er wußte, daß die Weißen, die Soldaten oder Blauröcke genannt wurden, solche benützten, um Beine und Füße zu schützen.
Weiße Feders Mutter packte die Füße des Häuptlings und zog. Sie zog so fest, daß er vom Lager herunterglitt. Endlich wurde er die lästigen Fuß-Kleider los.
Dann erzählte er, daß er viele Nächte in diesen merkwürdigen Mokassins hatte schlafen müssen, die Stiefel hießen, und die er beim Großen Vater bekommen hatte.

Grauer Bär saß auf dem Büffelfell und rieb seine Füße.

Die Kinder standen immer noch da und starrten ihn an.

Er sah auf. Zuerst sah er noch grimmig aus, doch dann glätteten sich die sorgenvollen Falten in seinem Gesicht, und er begann zu lachen. Er lachte so sehr, daß seine Schultern zuckten, und dann streckte er die Arme aus, und die Kinder stürzten zu ihm hin.

Er drückte sie fest an sich.

Dann holte er etwas aus seinen Kleidern, etwas, das wie kleine Steine aussah. Die Steine waren in etwas sehr Dünnes gehüllt, das wie trockenes Laub raschelte. Grauer Bär behielt einen der Steine. Er nahm die dünne, raschelnde Hülle ab und steckte den Stein dem Jüngsten in den Mund.

„Gut", sagte der. „Schmeckt wie Ahornsirup."

Doch Weiße Feder interessierte sich mehr für eine runde, glänzende Scheibe, die der Vater an einem roten Band um den Hals trug. Sie war ungefähr handtellergroß und hatte ein Loch am

Rand. Durch dieses Loch ging das Band. Über dem Loch war ein Bild, das zwei ineinander verschlungene Hände darstellte. Unter dem Loch konnte man eine Friedenspfeife erkennen, die mit einem Tomahawk gekreuzt war. Einige unverständliche Zeichen waren auch noch darauf abgebildet.

Grauer Bär hielt die Silberscheibe hoch, damit alle Kinder sie gut sehen konnten.

„Diese Scheibe bekamen wir da drüben", sagte er. „Und die Kleider und Versprechungen."

„Was für Versprechungen?" fragte einer der Brüder.

„Die Versprechungen der Weißen sind wie der Gesang der Vögel", sagte Grauer Bär. „Sie klingen schön, aber wenn der große Schnee kommt, sind sie nichts wert."

„Was sind das für Zeichen?" fragte Weiße Feder, der immer noch die Scheibe ansah.

„Man hat mir gesagt, daß sie in der Sprache der Weißen ‚Friede und Freundschaft' bedeuten", sagte Grauer Bär.

Er packte Weiße Feder unerwartet am Handge-

lenk und sah ihn an. Aus seinem Gesicht war das Lachen jetzt verschwunden. In seinen dunklen Augen war nichts von Frieden und Freundschaft zu sehen. Nur Müdigkeit.

„Du bist mein ältester Sohn“, sagte er.

Weiße Feder schwieg.

„Für uns Rote sind jetzt schwere Zeiten angebrochen“, sagte der Vater. „Ich habe viel gesehen auf meiner langen Reise. Sei mutig, mein Sohn.“

Als Grauer Bär das gesagt hatte, legte er sich auf den Rücken und schloß die Augen.

Seine Frau schob die Kinder hinaus.

Weiße Feder ging langsam zum Fluß hinunter.

Er dachte an das, was der Vater gesagt hatte.

Seine Worte bedeuteten ihm sehr viel.

Sei mutig, mein Sohn.

Es war ein schöner Tag, mit klarem Himmel, und hoch oben schwebte *Wangbli,* der Adler.

Die Weißen sind unsere Feinde

Als die Sonne am folgenden Tag hinter den Hügeln verschwand, versammelten sich die Männer im Ratszelt. Grauer Bär hatte die Kleider des weißen Mannes angezogen.

„Oh, diese verrückten Kleider, die man nicht wieder ausziehen kann", hatte seine Frau gesagt, als er sich anzog.

Der Häuptling erwiderte darauf, daß er sie nur zum Zeichen dafür trug, daß er tatsächlich beim Großen Vater gewesen war.

„Vielleicht findest du auch, daß du fein darin aussiehst", sagte seine Frau leise.

Grauer Bär antwortete nicht. Aber bevor er ging, steckte er eine Adlerfeder in den Hut. Die Feder hatte drei rote Streifen, die zeigten, daß er dreimal im Kampf verwundet worden war.

Im Rat berichtete Grauer Bär von seiner langen Reise.
Er erzählte von der seltsamen Lebensweise der Weißen. Daß sie sich wie Ameisen in gewaltigen Hütten aus Stein zusammendrängten, die ebenso hoch wie die Berge hinter dem Fluß waren.
Er erzählte von der Eisenbahn, von Postkutschen, großen Wagen und anderen Merkwürdigkeiten, die er gesehen hatte.
Er erzählte von den großen Festen: von der Musik, den Kleidern und von den Reden.
Er erzählte, wie müde seine Ohren waren von all den fremden Geräuschen, allen Worten, allen leeren Versprechungen.
„Meine Augen haben viel gesehen“, sagte er. „Vieles kann ich nicht verstehen. Und ich will es auch nicht verstehen. Unsere Zeit ist vorbei. Wir können nicht mehr Büffel jagen wie unsere Väter – denn es gibt bald keine Büffel mehr zum Jagen. Krieg hilft uns auch nicht. Und die Waren, die wir bei der Agentur erhalten, reichen nicht . . .“

Hier verstummte Grauer Bär. Die anderen saßen bewegungslos in ihre Decken gehüllt. Das Feuer glühte schwach.
„Hört, was ich euch jetzt sage“, fuhr der Häuptling mit dunkler Stimme fort. „Ihr, die ihr noch jung seid, ihr, die ihr noch offene Ohren habt, lernt, wie die Weißen zu reden. Ihre Worte sind wie ihre Waffen: Sie sind stärker, und sie reichen weiter als die unsrigen.“
Grauer Bär schwieg abermals. Die Männer bewegten sich unruhig. Einige nickten zustimmend. Andere wiederum schüttelten die Köpfe und sahen unzufrieden aus. Doch sie schwiegen mit ihrer Unzufriedenheit.
Grauer Bär war ihr Führer. Er besaß ihr Vertrauen. Und sie wußten, daß er früher bei vielen Gelegenheiten kluge Worte gesprochen hatte.
Der Häuptling hob die Hand.
„Die Weißen sind unsere Feinde“, sagte er. „Und wir werden uns gegen sie verteidigen – nicht mit Waffen, sondern mit Worten.“
Nach dem Ratstreffen vernachlässigte Grauer Bär seine neuen Kleider mehr und mehr. Der

hohe Hut lag im Zelt herum, und niemand kümmerte sich um ihn.

Aber eines Tages entdeckten die zwei kleinen Schwestern der Weißen Feder, wie man den Hut noch verwenden konnte.

Sie nahmen ihn mit zum Fluß hinunter und füllten ihn mit Wasser. Dann faßten sie ihn an beiden Seiten und trugen ihn vorsichtig zu ihrer *gumbo*-Stelle. Gumbo war eine Art Lehm, aus dem man Figuren kneten konnte. Jetzt war er ausgetrocknet, doch das Wasser machte ihn wieder weich und geschmeidig.

Die Sonne schien, das Gras duftete, und die Fliegen surrten. Die Mädchen schwatzten und lachten und formten hohle Kugeln, die an der warmen Sonne rasch trockneten.

Dann trugen sie die Kugeln zum Fluß hinunter und warfen sie ins Wasser. Rasch trug die Strömung die Kugeln davon; jetzt galt es, sie mit Steinen zu treffen. Es war ein spannendes Spiel; Weiße Feder spielte auch mit.

„Poff", machte es, wenn er eine Lehmkugel weit draußen im Wasser traf.

Er drehte sich um und wollte gerade den Mädchen sagen, daß er doch entschieden besser im Werfen sei als sie, da erblickte er seinen Vater. Er stand oben am Hang und winkte ihn zu sich. Grauer Bär sah ernst und entschlossen aus.
„Ich werde zur Agentur reiten", sagte er, als Weiße Feder heraufkam. „Und du, mein Sohn, wirst mitkommen. Aber geh vorher noch zu deiner Mutter. Ich warte bei den Pferden auf dich."

Gefleckte Büffel

Weiße Feder ging langsam durch die Zeltreihen und ließ die Hand an den Lederwänden entlangstreifen. Er begriff nicht, warum sie eigentlich zur Agentur sollten. Die Waren, die sie immer von dort erhielten, hatten die Männer schon im Monat der Juni-Beeren geholt.

Seine Mutter kniete neben dem Zelt und schabte eine Hirschhaut. Ihre weiten Ärmel bewegten sich wie Vogelflügel.

„Ich werde Vater begleiten", sagte Weiße Feder. Er war gleichzeitig ängstlich und neugierig.

„Ich weiß . . ."

Die Mutter drehte sich zu ihm um und strich sich die Haare aus dem Gesicht.

„Nimm das Weiß-Hemd", sagte sie.

Das Hemd hieß so, weil es aus einem großen Sack genäht war, den sie vor zwei Sommern von der Agentur erhalten hatten. Der Sack war mit einem weißen Pulver gefüllt gewesen. Niemand hatte gewußt, was man mit dem weißen Pulver anfangen sollte. Daher hatte man es in den Fluß geschüttet.

Später hatten sie dann erfahren, daß man Brot daraus machen konnte.

Außen auf dem Sack war ein Krieger mit Pfeil und Bogen abgebildet gewesen. Dieser Krieger war jetzt vorne auf dem Hemd der Weißen Feder.

Er konnte das Hemd nicht leiden. Es wurde allmählich zu klein. Und es kratzte auf der Haut.

„Heute ist es doch so warm", wandte er ein.

„Bevor ihr zurück seid, wird die Sonne untergegangen sein", sagte die Mutter.

„Aber ..."

„Zieh das Hemd an. Dein Vater wartet."

Jetzt sprach die Mutter mit derselben scharfen Stimme, die sie sonst abends hören ließ, wenn die kleinen Geschwister sich nicht schlafen legen wollten.

Weiße Feder zog das Weiß-Hemd an, steckte das Jagdmesser mit dem Horngriff in den Gürtel und ging zur Weide.

Die Hunde kläfften ihm nach, und ein paar von den anderen Jungen fragten ihn, wohin er ging,

aber er antwortete nicht. Er dachte daran, daß er vielleicht bald weiße Männer aus der Nähe sehen würde.
Wie immer war die Weide voller Schwarzstare. Sie wurden durch die Heuschrecken angelockt, die wiederum von den Pferden beim Grasen aufgescheucht wurden. Als Weiße Feder kam, flatterten die Vögel davon.
Plötzlich blieb er stehen. Er hatte etwas Eigenartiges erblickt.
Sein Pony hatte vier Vögel auf dem Rücken!
Die Stare und die Pferde waren Freunde. Daher war es nicht ungewöhnlich, daß ein paar Vögel auf einem Pferd saßen. Aber so viele – vier auf einmal, das hatte Weiße Feder noch nie gesehen.
Vier Stare. Vier wie die vier Winde. Das war ein gutes Zeichen.
Weiße Feder ging langsam näher. Erst als er kurz vor dem Pferd stand, flogen die Vögel davon.
„Koo-oko-oo . . ."
Das war der Vater, der vom Waldrand her rief.

Weiße Feder schwang sich rasch auf sein Pony. Vier Vögel hatten auf seinem Pony gesessen. Jetzt hatte er keine Angst mehr.
Vater und Sohn ritten schweigend nebeneinander. Erde und Bäume dufteten in der Sonnenwärme, und um die Köpfe der Pferde surrten die Insekten.

Weiße Feder dachte an die Agentur und überlegte wieder, was sie dort wohl vorhaben mochten. Aber er sagte nichts, fragte nicht. Er wußte, daß der Vater nur erwidern würde:
„Du wirst es früh genug erfahren, mein Sohn."
Diese Worte benutzte Grauer Bär oft, wenn die Kinder ihn etwas fragten. Aber nicht etwa, weil er nicht antworten wollte – er sagte es, damit sie Geduld lernten.
Sie ritten lange Zeit. Der Wald war voller Zeichen und Geräusche und Düfte. Allmählich begann Weiße Feder einen fremdartigen Geruch wahrzunehmen.
Er war sehr unangenehm, fand er.
Er sah den Vater an. Grauer Bär wurde auch von dem Geruch geplagt, das war ihm deutlich anzumerken.
„Jetzt ist es nicht mehr weit", sagte er bald darauf.

Sie ritten über einen Hügel. Auf der anderen Seite des Hügels lag eine große, aus Balken errichtete Einzäunung. Hinter der Einzäunung sah Weiße Feder Häuser und Wagen und Pfähle, die in den Himmel ragten. Grauer Bär ritt zu der Einzäunung hin.

„Die gefleckten Büffel der Weißen", sagte er.

Hinter den Balken befanden sich Tiere, die Weiße Feder nie zuvor gesehen hatte. Sie hatten gebogene Hörner und ähnelten Büffeln, doch waren sie kleiner und schienen bei weitem nicht so kräftig zu sein. Sie waren braun-weiß gefleckt. Von diesen Tieren strömte der unangenehme Geruch aus.

„Kann man sie essen?" fragte Weiße Feder leise.

„Die Weißen essen sie", erwiderte sein Vater. „Und wir werden sie auch essen. Dies ist es, was uns die Weißen für unsere Jagdgründe als Bezahlung geben wollen – für die Jagdgründe, wo zahllose Büffel bisher das fette Gras abweideten."

Zwei weiße Männer näherten sich. Sie trugen schmutzige Kleider und hatten behaarte Gesichter. Sie sahen Weiße Feder und seinen Vater mit farblosen Augen an und sagten etwas. Dann blickten sie sich gegenseitig an und lachten.

Beide sahen alt aus. Und beide hatten keine Haare auf dem Kopf.

„Laß uns weiterreiten", sagte Grauer Bär.

Sie ritten langsam auf die Häuser zu. Weiße Feder dachte über die weißen Männer und ihre nackten Köpfe nach.

Halte deine Augen offen, junger Krieger

Weiße Feder und sein Vater Grauer Bär ritten weiter, auf die Häuser der Weißen zu. Hinter ihnen brüllte einer der gefleckten Büffel.

Sie sahen jetzt ziemlich viele Weiße. Und niemand schien sich um sie zu kümmern.

Zwar trugen die Weißen verschiedene Kleider, aber ihre blassen Gesichter sahen sich untereinander merkwürdig ähnlich.

Und überall war der Geruch der gefleckten Büffel – auch hier zwischen den Häusern.

Die Häuser der Weißen waren groß und glatt. Weiße Feder befühlte eines der Häuser. Unter der Farbe war Holz. Er überlegte, wie man wohl so großc Holzhäuser machte. Und wenn die Weißen mit ihrem Lager weiterziehen wollten –

was dann? Man konnte doch nicht immer am selben Fleck wohnen bleiben.
Oder – konnte man das etwa?
Weiße Feder hatte schon viele Wanderungen mitgemacht, und jedesmal war es gleich spannend gewesen. Neue Wälder. Neue Prärien. Neue Jagdgründe. Neue Spielplätze ...
Er bedauerte die Weißen, die vielleicht für immer hier wohnen mußten.

Vor einem der Häuser saßen einige Indianer. In ihre Decken gehüllt saßen sie im Sand. Ihre Pferde standen etwas abseits.
Weiße Feder und sein Vater ritten hin.
„Hau."
„Hau, hau ..."
Sie grüßten und stiegen von ihren Pferden. Einer der Fremden bat Grauer Bär, sich zu setzen. Weiße Feder führte die Pferde an einen Pfosten und band sie dort fest.
Die Männer unterhielten sich mit gedämpfter Stimme. Weiße Feder merkte, daß sie über ihn redeten. Langsam ging er zu seinem Vater.

Einer der anderen zeigte jetzt auf ein großes braunes Haus, das etwas weiter entfernt stand als die anderen Häuser.
„Geh dorthin, mein Sohn“, sagte Grauer Bär. „Du wirst dort andere Jungen treffen. Ich komme später. Aber halte deine Augen offen.“
Weiße Feder drängte seine Fragen zurück. Sicher würde er bald erfahren, was das alles zu bedeuten hatte.
Er nickte und ging langsam auf das große Haus zu. Er sah, daß dort Leute waren, Rote und Weiße. Pferde schien es dort auch zu geben.
Plötzlich hörte er, wie jemand in der Nähe sang. Es war ein Lakotalied.

„Ai-hii, ein Krieger verläßt uns,
sein Herz ist stark ...“

Aber seine Stimme klang sehr seltsam. Weiße Feder guckte vorsichtig um die Ecke.
Der rote Mann, der gesungen hatte, stand mit dem Rücken zur Wand. Vor ihm standen zwei Weiße.
Sie hatten blaue Kleider an und gelbe Streifen an den Hosen.

Der Mann an der Wand sah schief aus im Gesicht. Seine Haare hingen ihm in die Stirn, und er sang mit undeutlicher Stimme.

„Ai-hii, ein Krieger verläßt uns,
sein Herz ist krank . . ."

Langsam ging der Sänger in die Knie, und schließlich hockte er zusammengesunken im Sand. Sein Gesang war zu einem unverständlichen Gemurmel geworden.

Weiße Feder stand regungslos hinter seiner Ecke. War der rote Mann krank? Sicher war er das.

„Ugh!" sagte einer der blaugekleideten Weißen und stieß den roten Mann mit dem Fuß an.

„Ugh, ugh", sagte der andere.

Dann lachten sie und gingen weg.

Weiße Feder blieb hinter seiner Ecke stehen. Warum hatten sie ugh gesagt? Er ging zu dem Mann hin.

„Bist du krank?" fragte er.

Der Mann im Sand richtete sich langsam auf und sah Weiße Feder an. Seine Augen waren rot und glänzend, und Weiße Feder fand, daß er komisch roch.

„Hier kommt . . . hier kommt ein mutiger junger Mann", sagte der rote Mann. „Ein gro-o-oßer Krieger . . . mit Messer."

Er sprach langsam und undeutlich, plötzlich begann er zu lachen.

Weiße Feder war jetzt ganz sicher, daß er krank war.

Auf einmal veränderte der Mann im Sand sein

Aussehen. Jetzt sah er angespannt aus. Wachsam. Einen Augenblick waren seine Augen ganz klar.

„Halte deine Augen offen, junger Krieger", sagte er.

Dieselben Worte hatte auch der Vater benützt.

„Halte deine Augen offen", wiederholte der Mann vor ihm.

Er sprach nur noch mit großer Anstrengung und legte sich dann in den Sand.

Weiße Feder verstand, daß man vorsichtig und wachsam sein mußte, wenn man bei den Weißen war.

Der andere schien einzuschlafen.

Leise ging Weiße Feder weiter.

Langes Kinn

Vor dem braunen Haus standen viele Indianerkinder. Weiße Feder ging zum Eingang und stellte sich neben einen Jungen, der ungefähr gleichaltrig zu sein schien.
„Da hinten ist ein Kranker", sagte Weiße Feder und zeigte in die Richtung, aus der er gekommen war.
„Hat er gesungen?" fragte der Junge.
„Ja."
„Bist du neu hier?"
„Ich bin der Sohn des Grauen Bären", sagte Weiße Feder. „Unsere Zelte liegen weit weg von hier. Warum fragst du das?"
„Unsere Zelte liegen hier in der Nähe", sagte der Junge. „Und wenn du schon mal hier gewe-

sen wärst, dann wüßtest du, daß der kranke Mann heiliges Wasser getrunken hat."
„Die Weißen nennen es Whisky", sagte ein alter Mann mit weißen Haaren.
Weiße Feder fragte, warum man solches Wasser trank, wenn man davon krank wurde.
„Zuerst sieht man herrliche Bilder", sagte der Junge. „Dann wird man krank."
„Der Mann, der gesungen hat, war früher ein großer Krieger", sagte der Alte. „Die Weißen haben vor zwei Wintern seine Frau und seine Kinder getötet. Jetzt trinkt er heiliges Wasser, um zu träumen."
„Warum kämpfen wir nicht gegen die Weißen?" fragte Weiße Feder.
„Wir haben gekämpft", sagte der Alte. „Sitzender Büffel hat gekämpft. Und Rasendes Pferd. Viele Krieger haben ihr Leben im Kampf gegeben. Aber es gibt zu viele Weiße."
Sie schwiegen. Weiße Feder dachte an das, was er gehört und gesehen hatte. Sein Vater hatte ähnlich gesprochen.
„Was macht ihr hier?" fragte er.

Der Junge neben ihm sah zu Boden.
„Die Weißen wollen, daß wir ihre Sprache lernen“, flüsterte er.

Jetzt tauchte ein Mann im Hauseingang vor ihnen auf. Weiße Feder erkannte ihn, er war schon manchmal im Lager zu Besuch gewesen. Er hieß Langes Kinn, und es wurde von ihm behauptet, er beherrsche die Sprache der Weißen.
Langes Kinn sah Weiße Feder an.
„Hier sehe ich ein neues Gesicht", sagte er. „Komm herein, mein Freund."
Weiße Feder trat rasch ein paar Schritte zurück. War das der Grund, warum sein Vater ihm gesagt hatte, er solle die Augen offenhalten – um die Sprache der Weißen zu lernen?
Aber der Vater hatte auch gesagt, er solle mutig sein.
„Wenn du hineingehst, bekommst du auch so etwas", sagte einer der kleineren Jungen. „Schmeckt gut."
Er hielt etwas hoch, das ähnlich wie die süßen Steine aussah, die Grauer Bär von seiner Reise mitgebracht hatte.
Langes Kinn hielt auch einen süßen Stein in der Hand.
„Der Junge hier sagt die Wahrheit", sagte er.

„Wenn du hereinkommst, bekommst du das hier. Die Weißen nennen es *Bonbon.*“

Das Bonbon leuchtete schön rot in der Sonne.

Es war sehr warm. Das Weiß-Hemd kratzte.

Alle waren still.

Der alte Mann schüttelte den Kopf und ging weg.

Weiße Feder dachte an die Worte seines Vaters: „– sei mutig, mein Sohn.“

Jetzt konnte er zeigen, daß er mutig war. Dieser Gedanke verlieh ihm Kraft und Entschlossenheit. Er sagte: „Ich komme.“

Er ging rasch in das große braune Holzhaus hinein, und viele andere Kinder folgten ihm.

In dem braunen Haus

In dem braunen Haus war alles groß und hoch – Bänke, Tische, Wände, Decke . . . alles.
In einer Ecke standen zwei Jungen. Sie waren nicht viel älter als Weiße Feder, hatten kurze Haare und trugen Kleider der Weißen. Beinahe sahen sie wie weiße Jungen aus.
Langes Kinn stellte sich hinter sie und legte seine Hände auf ihre Schultern. Er streckte das Kinn vor und sah sehr bedeutend aus.
In dem Haus standen auch einige Weiße. Einer hatte einen langen schwarzen Rock an, und um den Hals trug er ein Kreuz. Er sah gleichzeitig wie ein Mann und wie eine Frau aus.
Jetzt waren ziemlich viele Jungen und Mädchen in dem Haus.

Langes Kinn räusperte sich und begann zu sprechen.
„Diese beiden jungen Männer sind bei den Weißen im Osten gewesen“, sagte er. „Sie haben die Sprache der Weißen gelernt, und sie haben auch gelernt, sich wie weiße Jungen zu benehmen.“
Die „weißen“ Jungen standen stumm und steif da, und Langes Kinn fuhr fort:
„Alle, die in den Osten mitkommen und dort etwas besuchen, das die Weißen *Schule* nennen, bekommen genau so schöne Kleider wie diese beiden hier. In der Schule lernt man, die sprechenden Zeichen der Weißen zu deuten, die Buchstaben genannt werden. Dort lernt man auch vieles andere, was gut und nützlich ist.“
Ein Junge neben Weißer Feder stieß ihn leicht an und flüsterte:
„Die Weißen bezahlen ihn, damit er so redet. Sieh dir mal die großen Krieger dort vorne an – sehen sie nicht mutig aus . . .?“ bemerkte er spöttisch.
Die Jungen in den Kleidern der Weißen starr-

ten die ganze Zeit auf den Boden. Es schien ihnen sehr warm zu sein.
Langes Kinn erzählte mit vielen Worten, wie gut es in der Schule der Weißen sei.
„Dort gibt es immer Essen“, sagte er. „Niemand braucht zu hungern. Und wer den Weißen hilft und verschiedene Sachen für sie macht, erhält dies hier.“ Er hielt eine blanke, runde Scheibe hoch. Sie sah ähnlich aus wie die Scheibe, die Grauer Bär vom Großen Vater bekommen hatte, doch war sie kleiner und hatte kein Loch.
„Ihr könnt Geld von den Weißen bekommen“, sagte Langes Kinn. „Und das Geld der Weißen hat große Macht. Wer Geld hat, kann alles bekommen, was er will.“
Bei diesen Worten wurden die Jungen und Mädchen unruhig. Sie konnten Langes Kinn nicht mehr recht verstehen.
Konnte man für das Geld des weißen Mannes ein starkes Herz bekommen?
Konnte man Mut und Ausdauer bekommen?
Konnte man Freude dafür bekommen?
Wie zeigte das Geld seine große Kraft?

Sie fragten Langes Kinn danach, aber er schüttelte nur den Kopf und setzte seine bedeutsame Miene auf.

„Ich habe genug geredet", sagte er. „In der Schule der Weißen werdet ihr Antwort auf eure Fragen erhalten. Wer von euch will jetzt mit in den Osten kommen?"

Es war ganz still in der großen Hütte. Weiße Feder dachte an die Worte seines Vaters: „– sei mutig, mein Sohn."

Er hatte gelernt, daß Freundschaft und Mut wichtiger sind als alles andere. Weiße Feder wußte, daß sein Vater mit dem weißen Häuptling die Friedenspfeife geraucht hatte. Der Kampf gegen die Weißen war zu Ende. Man konnte seinen Mut nicht mehr im Kampf beweisen. Aber war dies nicht eine neue Art, seinen Mut zu beweisen – sich aus eigenem Entschluß in das fremde Land der Weißen zu begeben?

„Ich komme mit", sagte er mit lauter Stimme.

Die anderen sahen ihn an. Sie redeten leise miteinander. Sie überlegten. Und bald darauf

streckten viele die Hände hoch und sagten, daß sie zur Schule der Weißen fahren wollten.
Vielleicht dachten sie auch so wie Weiße Feder.
Vielleicht waren sie nur neugierig.
Langes Kinn sagte, es erfreue sein Herz, daß so viele von ihnen eingesehen hätten, was für sie am besten sei – und was für das rote Volk am besten sei.
„Aber", sagte er, „alle müssen mit ihrem Vater darüber sprechen. Alle Namen müssen in diesem hier stehen."
Er hielt etwas Flaches, Viereckiges hoch, das in der Sprache der Weißen *Buch* genannt wurde.
Aber das sah Weiße Feder nicht mehr. Er war schon zu seinem Vater unterwegs.

Grauer Bär war hinten bei den Pferden geblieben. Die anderen Männer auch.
Weiße Feder erzählte von der Schule der Weißen.
„Ja, davon habe ich auch gehört", sagte Grauer Bär. „Und das ist auch der Grund, warum wir hierhergekommen sind."

Die anderen Männer sagten, daß ihre Söhne und Töchter auch in dem braunen Haus seien.
„Willst du wirklich fahren, mein Sohn?“ fragte Grauer Bär.
„Ja.“
Der Vater sah Weiße Feder ernst an.
„Du selbst hast deinen Entschluß gefaßt“, sagte er. „Daher ließ ich dich alleine dorthin gehen.“
Grauer Bär und die anderen Männer folgten jetzt Weißer Feder zu dem braunen Haus, und dort wurde beschlossen, wann und wie die Abreise erfolgen sollte.
Auf dem Weg zurück zum Lager sprach Grauer Bär kein einziges Wort.

Der Abschied

Ein paar Tage später war ein großes Fest im Lager des Grauen Bären. Er hatte Freunde und Verwandte aus anderen Lagern der Umgebung eingeladen, da sein ältester Sohn jetzt weit fortreisen würde.

Es war ein Abschiedsfest – aber auch ein Fest der Freude. Grauer Bär hatte oft zu Wakan-Tanka, dem Großen Geist, gebetet, daß sein Sohn ein tapferer Krieger werden möge. Und Wakan-Tanka hatte seine Gebete erhört!

Weiße Feder begab sich aus freiem Willen zu den Weißen – dazu gehörte der ganze Mut eines Kriegers. Um seine Dankbarkeit zu zeigen, mußte Grauer Bär etwas opfern.

Als alle versammelt waren, ließ er daher sieben

Pferde holen, die er verschenkte. Pferde waren das Wertvollste, was man besitzen konnte.
Viele andere Häuptlinge verteilten auch Geschenke: Auch sie hatten Söhne und Töchter, die zu den Weißen fahren würden.
Die Sonne ging unter. Das Feuer flammte. Man sprach über alte Zeiten und über die lange Reise der Kinder. Man aß und sang und tanzte.

Unbemerkt schlich Weiße Feder sich zum Fluß hinunter. Dort saß er und sah, wie der Mond sich in dem dunklen Wasser spiegelte. Er fuhr mit den Fingern durch den Sand und hielt plötzlich etwas Rauhes, Hartes in der Hand – eine der Lehmkugeln, die seine kleinen Schwestern vor ein paar Tagen gemacht hatten. Er spürte einen stechenden Schmerz in der Brust und begann zu weinen.
Dann tauchte er sein Gesicht ins Wasser, ließ es trocknen und ging hinauf zu den anderen.

Am nächsten Morgen brachen sie auf. Die Kinder sollten von einem Ort aus weiterreisen, den die Weißen Black Pole nannten, auf einem großen Medizinkanu, das *Rad-Dampfer* genannt wurde.
Nach Black Pole waren es zwei Tagesreisen. Weiße Feder ritt auf seinem Lieblingspony. Seine Eltern und Geschwister fuhren mit dem Wagen. Er war grün und hatte rote Räder. Vor einigen Wintern hatten sie ihn von der Agentur bekommen.

Als sie ungefähr den halben Weg zurückgelegt hatten, schlugen sie an einem Bach ihr Lager auf. Hier versammelten sich mehrere Familien, und die Kinder durften noch lange nach Einbruch der Dunkelheit spielen und toben.
Keiner der Erwachsenen wollte sie dabei stören. „Wer weiß“, sagten sie, „wann unsere Kinder das nächste Mal lachen und spielen dürfen.“

Schon im Morgengrauen setzten sie die Fahrt fort. Viele von ihnen hatten Wagen; knirschend bewegten sich die Wagenräder im blassen Morgenlicht voran. Sie kamen auf einen Hügel. Hier hielten sie an, um auf den Sonnenuntergang zu warten.

Grauer Bär holte seine lange Pfeife hervor, und als der Himmel allmählich von der aufgehenden Sonne rot gefärbt wurde, zündete er sie an. Er hielt sie so, daß der Stiel zuerst nach oben, dann nach Osten, Süden, Westen und Norden zeigte und schließlich zur Erde. Er betete zu Wakan-Tanka, daß die Fahrt der Kinder segensreich verlaufen möge. Danach rauchten die Männer und die älteren Jungen – Weiße Feder auch. Dann gab Grauer Bär Weißer Feder die Scheibe, die er vom Großen Vater bekommen hatte.

„Trage sie bei den Weißen – zum Zeichen, daß Friede zwischen unseren Völkern ist", sagte er.

Während der weiteren Reise nach Black Pole fühlte Weiße Feder sich ganz ruhig.

Er vertraute auf Wakan-Tanka.

Vielleicht würde auch die glänzende Scheibe ihm Kraft geben, der Gefahr zu begegnen.

In der Abenddämmerung kamen sie in Black Pole an, wo der Raddampfer wartete.
Er sah groß und gefährlich aus. Wütendes Brummen drang aus seinem Inneren, und aus

zwei hohen schwarzen Rohren qualmte unablässig Rauch.
Einige der kleineren Kinder weinten und klammerten sich an ihre Eltern.
Zwischen Dampfer und Ufer lag eine schmale Brücke. Hier versammelten sich Weiße und Rote, und die Namen der Kinder, die mitfahren sollten, wurden aufgerufen.
Eines nach dem anderen gingen sie mit ihren Decken und Bündeln über den Steg.
Weiße Feder war einer der letzten.
Dann wurde die schmale Brücke weggenommen.
Die Kinder standen auf dem Dampfer und weinten. Und auch ihre Eltern und Geschwister standen am Ufer und weinten.
Die schwarzen Rohre spuckten noch mehr Rauch aus. Die Räder an den Seiten begannen sich zu bewegen, und der Dampfer glitt auf das abendrote Wasser hinaus.
Die Fahrt ins Unbekannte hatte begonnen.

Die rollenden Häuser

Bald war das Ufer nur noch als dunkler Rand zu erkennen.

Jetzt kam ein Mann, der die Kleider der Weißen trug, zu den Kindern und sagte, daß sie ihre Sachen nehmen und zu einem Raum weiter oben im Dampfer gehen sollten.

„Ihr müßt versuchen, bald einzuschlafen“, sagte er freundlich. „Ihr habt eine lange Fahrt vor euch.“

In dem Raum roch es eigenartig. Und es gab keine Felle, nichts, das weich und warm war. Die Jungen legten sich rechts im Zimmer hin, die Mädchen links.

Sie wickelten sich in ihre Decken ein und lauschten dem Brummen, Schaben, Plätschern des Dampfers.

Niemand sagte etwas. Viele weinten. Es wurde dunkler und dunkler.
Weiße Feder konnte nicht einschlafen. Der Boden war hart und kalt, und sein Herz war voll unruhiger Gedanken.
Er wußte nichts von der Welt, in die er unterwegs war, außer, daß sie groß und gefährlich war.
Schließlich schlief er doch ein, aber er schlief unruhig. Und bald wachte er wieder auf: Die Geräusche um ihn herum hatten sich verändert. Er hörte Stimmen – aber der Dampfer war still. Hatte er angehalten?
Die Stimmen kamen aus dem Raum, in dem er lag.
Einige der älteren Jungen unterhielten sich. Ihre Stimmen waren sehr leise, aber er konnte trotzdem hören, daß sie vorhatten, davonzulaufen.
Vorsichtig setzte er sich hin. Wie lautlose Schatten glitten drei Jungen durch das Zimmer. Einer von ihnen hatte eine Feder im Haar. Weiße Feder schlich langsam hinterher und folgte ihnen

auf den unteren Teil des Dampfers, der dem Wasser am nächsten war. Die Jungen kauerten am Geländer des Dampfers.
Weiße Feder blieb etwas abseits stehen. Dann hockte auch er sich hin, um nicht gesehen zu werden.
Der Dampfer lag am Ufer. Eine kleine Brücke war ausgelegt worden. Einige Weiße trugen Holz vom Strand auf den Dampfer.
Neben der Brücke brannten große Feuer, deren Schein Weiße Feder blendete. Die Weißen gingen hin und her über den Steg. Sie hatten dicke, behaarte Arme. Manchmal riefen sie einander etwas zu. Sie sahen böse und gefährlich aus.
Weiter weg am Strand waren noch mehr weiße Männer und Feuerstellen und viele große Häuser.
Weiße Feder fand, daß das Ufer gefährlich aussah. Das fanden die anderen Jungen auch.
„Jetzt hat es keinen Sinn abzuhauen", hörte er den Jungen mit der Feder sagen. „Sicher dürfen wir morgen alle an Land gehen. Dann haben wir mehr Möglichkeiten."

Weiße Feder hatte genug gehört. Rasch kletterte er wieder zu dem großen Zimmer hinauf und wickelte sich in seine Decke. Bald kamen auch die anderen angeschlichen.

Unten schrien harte Stimmen unbegreifliche Befehle, und dann begann der Dampfer wieder zu knarren und zu brummen.

Weiße Feder überlegte, wer die gewaltigen Räder an den Seiten wohl zu drehen vermochte. Er machte die Augen zu und atmete den vertrauten Duft der Decke ein, während er riesige, weiße Männer mit Haaren auf den Armen vor sich sah. Sie standen irgendwo unter ihm und sahen wütend aus und machten, daß die Räder draußen sich drehten, drehten, drehten . . .

Schließlich schlief er ein.

Der Junge mit der Feder hatte recht. Bei Sonnenuntergang des folgenden Tages legte der Dampfer am Ufer an, und alle Kinder mußten ihre Decken und Bündel nehmen und an Land gehen.

Der Himmel war goldgelb. Die Luft war warm.

In langer Reihe gingen sie durch den Sand an den Häusern der Weißen entlang. Vor den Häusern standen die Weißen und starrten sie an.
Ein weißer Junge mit hellem Haar winkte ihnen zu. Er lachte und stieß seltsame Töne aus.
Weiter vorne stand eine weiße Frau mit einem kleinen Kind. Das kleine Kind lief unerwartet auf sie zu. Es war ein kleines Mädchen. Der Junge vor Weißer Feder hob es hoch, um es der Mutter zu reichen.
Die weiße Frau sah sehr erschrocken aus. Sie stürzte herbei und riß das Mädchen an sich. Das kleine Mädchen begann zu weinen, und der Junge, der das Kind hochgehoben hatte, sagte zu den anderen:
„Die Weißen verstehen wohl gar nichts. Glauben sie denn, daß noch Krieg ist?"
„Vielleicht haben sie Angst, daß wir ihre Skalps nehmen wollen", sagte ein anderer Junge.
„Die Weißen sind schwach."
„Unsere Krieger sind stärker als ihre ..."
So redeten sie, während sie durch das Lager der Weißen gingen.

Bald kamen sie zu einer Reihe ziemlich schmaler Häuser, die alle gleich aussahen. Sie standen auf eisernen Stangen, die auf der Erde lagen und über die ganze Ebene reichten.
Der Mann in den Kleidern der Weißen zeigte auf eines der Häuser.

„Dort müßt ihr hineingehen", sagte er. „Und dann still sitzen."
In den schmalen Häusern war es sehr schön. Da gab es weiche Sitze. Weiße Feder wußte nicht, wo er Platz nehmen sollte. Das wußten auch die anderen nicht. Sie setzten sich hin und standen wieder auf, setzten sich hin und standen wieder auf. Sie liefen hin und her und schwatzten und lachten.
Das Haus hatte viele Fenster mit blanken Scheiben, durch die man hindurchgucken konnte. Die älteren Kinder kannten diese Scheiben von der Agentur her und sagten, daß sie in der Sprache der Weißen Glas hießen.
Einer von ihnen entdeckte, daß man die Fenster aufmachen konnte, und alle fanden, daß dies ein großartiges und spannendes Haus sei.
Da geschah etwas Unglaubliches.
Zuerst ertönte ein heiserer Pfiff. Dann stieß irgend jemand oder irgend etwas das Haus an: Es wackelte – und dann, dann begann es sich zu bewegen ...

Der Große Abgrund

Jetzt glaubten alle, daß etwas Entsetzliches über sie hereinbrechen werde.
Sie bissen in ihre Decken und starrten entsetzt zu den Fenstern hinaus.
Das schmale Haus bewegte sich schneller und schneller. Draußen standen hohe Pfosten, die so nahe an den Fenstern vorbeifuhren, daß unbedingt bald ein Unglück geschehen mußte.
Es klopfte und knarrte, und die älteren Jungen begannen zu singen, um sich für die drohende Gefahr Mut zu machen.
Nach geraumer Zeit begannen sie zu begreifen, daß sie in einem großen, merkwürdigen Wagen saßen und daß die langen, geraden eisernen Stangen bewirkten, daß er so schnell vorwärtsrollen konnte, ohne umzukippen. Der Gesang

verstummte. Übrig blieben nur die Unruhe und die klopfenden Geräusche.
Langsam wurde es dunkel. Die kleineren Kinder schliefen ein. Die älteren Jungen unterhielten sich über die Zukunft und über das Land der Weißen, in dem die Sonne aufging.
„Dort muß der Rand der Welt sein“, sagte jemand.
„Ich möchte nur wissen, wie es am Großen Abgrund aussieht, wo die Welt aufhört. Dort muß doch jemand stehen und aufpassen, daß man nicht hinunterfällt . . .“
Die Jungen sprachen mit großem Ernst über diese Dinge, und ihre Augen glänzten unruhig im Dunkeln. Sie hatten gelernt, daß die Erde platt war und vier Ecken hatte.
Es klopfte und rüttelte. Der Mond ging auf. Er war groß und rund – und es sah aus, als seien sie zu ihm unterwegs.

Weiße Feder lehnte sich gegen die Wagenwand und schloß die Augen.
Er hörte, wie die anderen über den Großen Ab-

grund sprachen, und versuchte sich vorzustellen, wie er aussah.
Dabei nickte er ein, wurde aber bald wieder geweckt; denn große Aufregung herrschte jetzt im Wagen.
„Seht den Mond an!“ riefen die Kinder. „Seht nur den Mond!“
Weiße Feder blickte schläfrig zum Fenster hinaus und sah, daß der Mond jetzt hinter ihnen war. Das war ein großes Rätsel. Vorhin waren sie zum Mond hin gefahren. Jetzt fuhren sie von ihm weg, obwohl der Wagen sich die ganze Zeit in dieselbe Richtung zu bewegen schien. Aber er bewegte sich nicht mehr so schnell.
Vielleicht waren sie jetzt zu der Stelle gekommen, wo der Mond aufging?
Der Große Abgrund!
War das der Grund, warum sich der Wagen so langsam bewegte?
Die älteren Jungen hatten wieder zu singen begonnen. Diejenigen, die schon Federn hatten, fühlten nach, ob sie richtig im Haar saßen. Einige begannen, ihre Gesichter zu bemalen . . .

Weiße Feder war immer noch sehr schläfrig. Die Lieder klangen dumpf und fremdartig im Dunkeln. Und immer mußte er an den Großen Abgrund denken.

Da nahm er seine Decke und ging zu der verschlossenen Gittertür hinten.
Wenn es notwendig werden sollte, mußte er schnell hinauskommen können.
Jetzt begann der Wagen sich wieder schneller zu bewegen. Er machte plötzlich einen Ruck, Weiße Feder packte ein Stück Eisen an der Tür, um nicht hinauszufallen.
Da sprang die Tür auf – und er fiel.
Er spürte den Wind und die plötzliche Kälte.
Der Abgrund! dachte er.
Dann wurde alles dunkel und still.

Allein

Als Weiße Feder aufwachte, lag er mit dem Gesicht nach unten. Er wußte nicht, wo er war.
Er war gefallen. Sein Kopf schmerzte, und er fror.
War er jetzt bei der großen Schlange, die tief unten unter der Erde hauste?
Sein Herz war voll ängstlicher Fragen, doch da hörte er einen vertrauten Laut.
Heuschrecken.
Er setzte sich hin. Der Mond schien – und alle Sterne. Er befand sich auf einer großen Ebene. Es roch nach Erde und Gras, und aus dem Erdboden dampfte kühler Nebel.
Die langen eisernen Stangen glänzten im Mondlicht. Sie erstreckten sich, so weit er blik-

ken konnte – aber sie waren nicht mehr ganz gerade.
Sie waren schwach gebogen. Weiße Feder begann zu ahnen, was geschehen war. Sie waren nicht an der Stelle vorbeigefahren, wo der Mond aufgeht. Der merkwürdige Wagen hatte nur seine Richtung geändert, ohne daß das jemand aufgefallen war.
Und er – er lebte und war noch auf der Welt. Auf der Welt der Weißen. Er war nur aus dem Wagen gefallen. Er stand auf. Sein Kopf und seine eine Schulter schmerzten, aber sonst fehlte ihm nichts.
Er entdeckte seine Decke, und das tröstete ihn etwas. Er nahm sie und hielt sie gegen sein Gesicht. Dann legte er sie über die Schultern und stellte sich zwischen die langen eisernen Stangen.
Was sollte er jetzt tun?
Er konnte zum Lager zurückkehren. Dazu brauchte er nur den Stangen in Richtung Mond zu folgen. Dann würde er zum Fluß kommen, und wenn er dann dem Ufer entlang ging . . .

Aber was würde sein Vater sagen, wenn er unerwartet heimkäme? Vielleicht wäre er enttäuscht. Weiße Feder hatte ja selbst gesagt, daß er die Sprache der Weißen lernen wolle, und sein Vater hatte sieben Pferde verschenkt.
„Sei mutig, mein Sohn“, hatte er gesagt.
Weiße Feder brauchte sich nicht zu entscheiden. Er wußte, daß er seinen Weg in dieselbe Richtung wie die anderen fortsetzen mußte. Wenn er den langen Stangen folgte, würde er sie vielleicht finden.

Weiße Feder ging und ging. Er hatte keine Angst mehr. Die Kopfschmerzen hörten auf, aber langsam wurde er hungrig.
Am Rande der Ebene lag ein Wald wie ein dunkler Streifen. In dem Streifen leuchtete etwas. Vielleicht ein Feuer – und das bedeutete Menschen und Essen.
Es war eine sehr große Ebene, und als er endlich so weit gekommen war, daß er den warmen Duft des Waldes spürte, war das Licht schon lange erloschen. Er ließ die eisernen Stangen hinter sich

und ging vorsichtig in den Wald hinein, dort, wo er das Licht gesehen hatte. Nach einer Weile kam er an ein Haus. Es war groß und eckig, wie die meisten Sachen bei den Weißen.

Er blieb vor dem Haus stehen. Er zögerte. Wieder beschlich ihn die Angst.

Er kam sich wie ein kleiner verlassener Junge vor – mit schmerzenden Schultern, wunden Füßen und großem Hunger.

Er steckte die Hand unter das Hemd. Die runde Scheibe, die er von seinem Vater bekommen hatte, war ganz warm. Er strich mit den Fingerspitzen darüber und fühlte die sprechenden Zeichen.

Sie sprachen von Frieden und Freundschaft.

Und der Große Vater hatte die Scheibe selbst seinem Vater geschenkt. Das war ein untrügliches Zeichen, daß kein Krieg mehr zwischen Weißen und Roten war.

Was hatte er da noch zu fürchten?

Vorsichtig ging er zu dem großen Haus hin und schob die Tür auf.

Abenteuer im Dunkeln

Im Haus war es ganz dunkel – und es roch eigenartig. Weiße Feder blieb an der Tür stehen. Er hörte ein seltsames klopfendes Geräusch – wie wenn man zwei trockene Holzstückchen in gleichmäßigem Takt gegeneinander schlägt.
Es klang wie ein hartes Herz, fand er, und er fühlte, daß er einen Fehler begangen hatte. Man konnte nicht so einfach zu den Weißen hineingehen. Man war nicht willkommen. Es war zwar warm hier – aber es war keine gute Wärme.
Und der Geruch war scheußlich.
Er hatte sich gerade entschlossen, wieder hinauszugehen, als ein großcr Hund hereingestürzt kam.

Der Hund biß ihn nicht, aber er bellte und sprang an ihm hoch.
Und dann geschah alles sehr rasch.
Ein kleines Kind schrie, und eine Frau schrie, und ein Mann rief etwas.
Licht wurde angemacht, dann hörte er Schritte.
Der Mann und die Frau kamen gleichzeitig ins

Zimmer. Die Frau hielt ein Licht, und der Mann hatte *mazawakan* in der Hand, das heilige Eisen, das tötet ...

Weiße Feder hatte erst zehn Sommer erlebt. Er hatte zu große Angst, um sich bewegen zu können, um zu fliehen ...

Er stand unbeweglich da. Die Frau leuchtete mit ihrem Licht. Das heilige Eisen glänzte bedrohlich. Der Hund knurrtc.

Und die ganze Zeit klopfte das harte Herz: tick tack, tick tack, tick tack ...

Weiße Feder steckte die Hand unter das Hemd und holte die runde Scheibe heraus. Sicher würde der weiße Mann seine eigenen sprechenden Zeichen verstehen.

Friede und Freundschaft. Er zog das Band über den Kopf, und mit der vorgestreckten runden Scheibe ging er langsam auf den weißen Mann zu.

Dieser hatte seine Waffe gesenkt. Er nahm die Scheibe, schien zu zögern ...

Aber die Frau sah immer noch verängstigt aus; mit schriller Stimme sagte sie etwas zu dem

Mann. Der antwortete nicht. Er sah die Scheibe an. Der Hund ging zu ihm hin und wedelte mit dem Schwanz.
Weiße Feder fühlte, daß er jetzt frei war, daß niemand ihn hindern würde – riß die Scheibe an sich und stürzte in die Dunkelheit hinaus.
Der Mann rief ihm nach, und der Hund bellte, und Weiße Feder rannte, so schnell er konnte, durch Büsche, über Steine und Moos . . .

Weiße Feder rannte und rannte, und der Mond schien, und im Wald waren all die Geräusche und Gerüche, die er kannte und verstand.
Er lief lange, bevor er stehen blieb. Die Scheibe hielt er in der Hand. Das Band war gerissen, als er sie dem weißen Mann weggenommen hatte. Das Blut sauste ihm in den Ohren, aber das harte Herz in dem Haus konnte er immer noch klopfen hören.
Er stand neben einem runden, kleinen Busch; plötzlich begann er die Blätter mit dem zerrissenen Band zu peitschen.
Er verabscheute diese weißen Menschen – und

ihre Häuser und Gerüche und alle ihre viereckigen Sachen. Verstanden sie denn nicht einmal ihre eigenen sprechenden Zeichen?
Wußten sie nicht, was Gastfreundschaft war?
Weiße Feder hatte gelernt, daß es zwar auf Mut am meisten ankam, daß es aber danach nichts Wichtigeres gab als Freundschaft und Gastfreundschaft.
Niemand hatte das Lager des Grauen Bären mit leerem Magen verlassen müssen. Und niemals hatte man die Waffe gegen jemand erhoben, der in friedlicher Absicht kam.

Weiße Feder ging weiter durch den Wald. Hinter ihm leuchtete der Mond. Er war hungrig und müde und enttäuscht.
Da spürte er einen Geruch. – Rauch!
Der Rauchgeruch weckte Erinnerungen an Spiele und Feste. Er folgte ihm – und war bald bei einem Lager angelangt.
Es war das Lager eines einzelnen Mannes. Das Feuer war beinahe ganz heruntergebrannt. Der Mann lag in eine Decke eingewickelt und

schlief. Neben ihm stand eine viereckige Schachtel.
Zwar war der Mann ganz in die Decke eingehüllt, aber an dem Feuer und an der Schachtel merkte Weiße Feder, daß es ein Weißer war.
Weiße Feder entfernte sich geräuschlos.
Aber er ging nicht weit. Er wollte in der Nähe des Rauchgeruches bleiben – und in der Nähe eines anderen Menschen.
Langsam ging er zurück. Als er so nahe war, daß er das schwelende Feuer sehen konnte, setzte er sich mit dem Rücken an einen Baum.
Seine Beine und Füße waren müde. Er wollte hier im Rauchgeruch sitzen und ein Weilchen ausruhen. Und wenn der weiße Mann aufwachte, würde er davonschleichen ...
Es war still im Wald. Langsam wurde es kalt. Eine Eule glitt durch die Baumwipfel.
Weiße Feder schlief. Er träumte von einem weißen Adler, der ein Büffelkalb packte und damit fortflog.

Das Brot des weißen Mannes

Weiße Feder wachte davon auf, daß jemand sich über ihn beugte.

Sein erster Gedanke war zu fliehen. Das Erlebnis mit dem weißen Mann und dem heiligen Eisen steckte ihm noch in den Knochen.

Doch der Mann vor ihm hatte keine Waffe. Er hielt ihm einen blanken Becher hin, aus dem es dampfte.

„Hau", sagte er.

Der Gruß klang komisch, wenn ein Weißer ihn aussprach. Weiße Feder antwortete nicht, er fühlte, daß „hau" das einzige Wort war, das der Fremde in seiner Sprache kannte. Er nahm den Becher und trank. Ihn fror so sehr, daß er zitterte, und der warme, bittersüße Trank tat gut.

Er erkannte den Geschmack. Die Weißen nann-

ten es Kaffee. Sein Vater hatte es einmal von der Agentur mitgebracht.
Der Weiße vor ihm sah sehr jung aus. Er hatte keine Haare im Gesicht. Seine Haare waren hell, und seine Augen hatten die gleiche Farbe wie der Fluß.
Er sagte etwas, was Weiße Feder nicht verstand, und dann schüttelte er den Kopf und lächelte.
„Hau", sagte er wieder.
Weiße Feder schwieg.
Der weiße Mann erblickte jetzt etwas, das neben Weißer Feder auf dem Boden lag: die runde Scheibe. Er hob sie auf und sah sie mit ernstem Gesicht an.
Weiße Feder war gespannt – und wachsam. Wenn es notwendig werden sollte, würde er die Scheibe an sich reißen und fliehen.
Der weiße Mann ließ die abgerissenen Bänder durch die Finger gleiten. Er schien zu zögern – dann knotete er sie zusammen. Er zog an den Bändern, bis der Knoten klein und hart wurde; dann streifte er das zusammengeknotete Band über Weiße Feders Kopf. Als der weiße Mann

sich über ihn beugte, war er einen Augenblick lang so nah, daß Weiße Feder den Geruch seiner Kleider wahrnehmen konnte. Schnell steckte er die Scheibe unter das Hemd. Sie fühlte sich kalt auf der Haut an.
Der weiße Mann nahm den Becher und ging langsam zum Feuer hin. Weiße Feder blieb beim Baum sitzen.
Es war ein klarer und stiller Morgen. Die Erde war feucht, und der Rauch stieg wie eine dünne, blaue, gerade Säule zwischen den Bäumen hoch.

Der junge Weiße rieb den Becher mit Gras aus. Dann öffnete er seine flache, viereckige Schachtel und nahm zwei braune Scheiben heraus. Eine davon hielt er hoch und rief etwas.
Weiße Feder rührte sich nicht. Da zeigte der Mann zuerst auf seinen Mund, dann auf seinen Bauch. Er legte eine Scheibe ins Gras und begann, die andere zu essen. Weiße Feder war sehr hungrig. Vorsichtig ging er hin und nahm die Scheibe. Er verbarg sie in seiner Decke und lief zum Baum zurück.

Die Scheibe war braun wie getrocknetes Fleisch – und genauso hart. Er brach ein Stück ab und steckte es in den Mund. Zum ersten Mal aß er jetzt vom Brot der Weißen.

Noch nie zuvor hatte er etwas Ähnliches gegessen; aber es schmeckte nicht schlecht, und bald hatte er die ganze Brotscheibe aufgegessen.

Der Weiße hatte seine Schachtel zugemacht. Er trat die Glut aus, rollte die Decke zusammen und legte sie um die Schachtel. Er spannte die Schachtel mit der Decke am Rücken fest und wandte sich an Weiße Feder.

„Hau“, sagte er und ging davon.

„Hau“, sagte Weiße Feder leise.

Er wußte nicht, was er jetzt tun sollte. Der Weiße ging sicher zu irgendeinem großen Lager mit vielen Weißen. Dort waren vielleicht auch seine eigenen Kameraden. Vielleicht war das der Ort, wo sie die Sprache der Weißen lernen sollten.

Weiße Feder dachte daran, wie weit sie schon gereist waren. Viel größer konnte die Welt nicht sein. Wenn er denselben Weg ging wie der weiße Mann, würde er sicher zu seinen Kameraden kommen.

Es knackte zwischen den Bäumen, als die Zweige unter den Füßen des weißen Mannes brachen. Weiße Feder erhob sich und folgte ihm.

Im Lager der Weißen

Sie gingen rasch durch den Wald – zuerst der weiße Mann und dann, in ziemlich weitem Abstand, Weiße Feder.

Trotz der Scheibe Brot hatte Weiße Feder immer noch ein wenig Angst. Er wollte nicht, daß der weiße Mann ihn bemerkte. Es war ein Weißer – und ein Feind seines Volkes.

Aber allmählich hörte er auf, vorsichtig zu sein. Vielleicht spürte er, daß der Mann vor ihm nichts Böses im Sinn hatte. Vielleicht kam es auch daher, daß er sich an ihn gewöhnte – an sein Aussehen, seine Kleider, seine steifen Bewegungen und die lauten Geräusche.

In Gedanken nannte er ihn „Gelbes Haar“.

Nach einer Weile blieb Gelbes Haar stehen und

machte ihm ein Zeichen, näher zu kommen. Weiße Feder zögerte, aber dann ging er sehr langsam zu dem Weißen hin – und bald gingen sie nebeneinander durch den Wald.

Sie tranken an einem Bach. Gelbes Haar tauchte den ganzen Kopf ein, so daß sein Haar dunkel und glänzend wurde.

Sie aßen wieder Brot. Weiße Feder fand Beeren und Wurzeln, die man auch essen konnte. Die Sonne stieg immer höher, und schließlich wurde es so warm, daß Weiße Feder die Decke von den Schultern nahm und sie um den Leib wickelte.

Gelbes Haar versuchte, es ebenso zu machen, aber das konnte er nicht. Es sah so verrückt aus, als er sich in die Decke einwickelte, daß Weiße Feder lachen mußte. Aber sicherheitshalber drehte er sich dabei zur Seite.

Sie setzten ihre stumme Wanderung durch den Wald fort. Die Erde duftete, und sie sahen viele Tiere – und Weiße Feder begann, sich wieder stark und mutig zu fühlen.

Als die Sonne am höchsten stand, erreichten sie ein großes Lager. Es sah ähnlich aus wie die Agentur und roch auch genauso schlecht, aber es war viel größer. Das Lager bestand aus unzähligen Häusern, die in langen Reihen nebeneinander standen. Zwischen den Häuserreihen waren Pferde und Wagen und Menschen.

Weiße Feder hatte noch nie so viele Menschen auf einmal gesehen. Alle sahen ernst aus, fand er. Alle schienen es eilig zu haben. Und niemand begrüßte Gelbes Haar.

Während sie durch die Häuserreihen gingen, sah Weiße Feder vieles, was ihn wunderte.

Er sah Farben, die er nie zuvor gesehen hatte und für die er keine Bezeichnung kannte.

Er sah viele Fenster in den Häusern, und in den Fenstern standen und lagen Sachen, die niemand zu benützen schien. Vor den Fenstern waren dieselben glänzenden Scheiben, durch die man hindurchsehen konnte, die er von den rollenden Wagen her kannte. Er sah, wie ein Mann ein Kind an den Haaren zog und es ins Gesicht schlug. Das Kind weinte. Das erschreckte ihn.

Er hatte noch nie einen Erwachsenen ein Kind schlagen sehen, und er begriff nicht, wozu man das tat.
Er sah hohe Pfähle, zwischen denen dünne Schnüre gespannt waren. Die Schnüre saßen hoch, so hoch, daß man niemals Felle oder Fleisch an ihnen aufhängen konnte.
Weiße Feder sah vieles, was er nie zuvor gesehen hatte – aber er sah keine Feuer und keine Kessel und keine Menschen, die aßen. Darüber wunderte er sich. Er überlegte auch, wie die Weißen es wohl anstellen mochten, wenn sie auf Wanderschaft waren. Irgendwann mußten sie doch wandern. Man konnte doch nicht immer am selben Ort bleiben?
Sie kamen auf einen großen, offenen Platz. Hier blieb Gelbes Haar stehen. Er sah Weiße Feder freundlich an und schüttelte den Kopf. Weiße Feder stand ganz still. Gelbes Haar gab ihm ein Stück Brot, strich ihm übers Haar – und ging.
Weiße Feder stand mit dem Brotstück in der Hand und sah ihm nach. Er schüttelte wieder den Kopf und ging zu Weiße Feder zurück. Er

sagte eine Menge Wörter, die Weiße Feder nicht verstand, dann nahm er ihn sanft am Arm und führte ihn zu einem der Häuser auf der anderen Seite des offenen Platzes.
In dem Haus sah Weiße Feder viele unbekannte Sachen, die alle unbenützt wirkten. Sie hingen sogar von der Decke herunter. Ein Mann mit behaartem Gesicht und rotem Hemd war auch in dem Haus. Gelbes Haar fragte etwas, aber der Mann guckte Weiße Feder nur an und schüttelte den Kopf.
Sie gingen in mehrere Häuser hinein, und überall erging es ihnen gleich.
Weiße Feder überlegte, ob die Weißen immer den Kopf schütteln, wenn man mit ihnen sprach.
Und warum boten sie einem nichts zu essen an, wenn man in ihre Häuser trat?
Schließlich kamen sie zu einem großen Haus; oben hatte es eine hohe Spitze. Sie gingen hinein. Der Raum war zwar groß und ziemlich dunkel, und er hatte viele lange, glänzende Holzbänke.

Gelbes Haar ging zu einer kleinen Tür; als er sie öffnete, stand da ein ernster Mann mit einem langen, schwarzen Rock. Zuerst glaubte Weiße Feder, daß es eine Frau sei. Bei der Agentur hatte er auch so einen Mann gesehen.
Gelbes Haar und der Schwarzrock unterhielten sich gedämpft. Weiße Feder sah sich im Halbdunkel um.
An den Wänden hingen Bilder von Menschen in fremdartiger Kleidung. Die Bilder sahen beinahe lebendig aus. Weiße Feder ging hin und berührte eines von ihnen mit der Hand. Es war ganz glatt.
Als er da stand und fühlte und überlegte, erblickte er auf einmal etwas, das ihn sehr erschreckte:
Ganz hinten an der Wand hing ein toter Mensch. Er hatte ausgebreitete Arme und eine große Wunde an der Seite . . .

Der Gefangene

Weiße Feder stellte sich ganz dicht neben Gelbes Haar.
Der Schwarzrock sah ihn verwundert an, und da zeigte Weiße Feder auf den Toten, der da hinten an einem hölzernen Kreuz hing.
Der Schwarzrock lächelte, ging hin und klopfte an den Toten; es klang hohl. Weiße Feder begriff jetzt, daß es eine Puppe war – eine steife Puppe, die wie ein weißer Mann angemalt war.
Der Schwarzrock hatte eine ähnliche Puppe an einer Kette um den Hals. Er hielt sie hoch, so daß Weiße Feder sie ganz genau anschauen konnte. Sie war glatt und glänzend.
Weiße Feder steckte die Hand unter sein Hemd. Die runde Scheibe war noch da. Sie bedeutete Friede und Freundschaft.

Aber was bedeutete das Abbild eines toten Menschen?

Der Schwarzrock begleitete sie hinaus. Er redete die ganze Zeit und zeigte auf die Häuser-

reihen und schien viele Male dasselbe zu wiederholen.
Gelbes Haar nickte und gab ihm die Hand. Der Schwarzrock lächelte Weiße Feder an und legte die Hand auf seinen Kopf. Dann ging er wieder in sein Haus hinein.
Sie gingen an den Häusern vorbei und aus dem Lager hinaus. Weiße Feder hätte gerne gewußt, wohin sie unterwegs waren. Er verstand, daß es mit ihm selbst zu tun hatte – das, was sie jetzt vorhatten.
Er sehnte sich danach, mit jemandem zu sprechen.

Sie folgten einem Weg, der auf eine große abgeflachte Anhöhe hinaufführte. Hier waren viele Häuser hinter einem hohen Zaun. Der Zaun war aus Pfählen errichtet, die dicht nebeneinander standen, und er war so hoch, daß man dahinter nur die Dächer der Häuser erkennen konnte.
Sie kamen an eine Öffnung im Zaun, vor der ein weißer Mann auf und ab ging. Er trug eine dunkelblaue Jacke und hatte gelbe Streifen an den

Hosen. Über der Schulter hielt er eine lange Waffe mit einem Messer an der Spitze.

Als der Blaurock sie erblickte, nahm er die Waffe herunter und hielt sie vor sich hin. Er sagte etwas zu Gelbes Haar und sah dabei sehr steif und unfreundlich aus. Gelbes Haar antwortete, und der Blaurock rief ein paar andere zu sich her, die ähnliche Kleider anhatten.

Weiße Feder konnte die Blauröcke nicht leiden. Zwar hatte er sie bisher nur einmal gesehen, nämlich in der Agentur. Aber er hatte von ihnen gehört. Sie waren die Krieger der Weißen, und sie hatten seinem Volk viel Böses angetan.

Sie hatten nicht nur mit den Kriegern des Stammes gekämpft, sie hatten auch Frauen und Kinder getötet. Sie hatten Zelte und Decken verbrannt.

Weiße Feder hatte gehört, wie sein Volk in der Zeit der großen Kälte und der Schneeblindheit erfroren war, nachdem die Blauröcke ihre Lager zerstört hatten . . .

Aber jetzt hatten sie Frieden mit den Weißen, und er folgte Gelbes Haar und den beiden Blau-

röcken zu einem niedrigen Gebäude, das an einem großen, sandigen Platz stand.
In dem niedrigen Haus war ein dicker Blaurock mit nacktem Kopf und roten, behaarten Backen. Er schien große Macht über die anderen Blauröcke zu haben; denn sie wagten sich kaum zu rühren, wenn sie mit ihm sprachen.
Gelbes Haar sprach auch mit ihm, aber er stand dabei nicht so still wie die anderen, und der dicke Blaurock guckte Weiße Feder wütend an und sagte etwas kaum Hörbares.
Die Blauröcke stampften auf den Boden, dann gingen sie wieder hinaus auf den Sandplatz. Gelbes Haar und Weiße Feder folgten ihnen zu einem kleinen Haus aus Stöcken. Vor dem Eingang war eine große Luke angebracht, und einer der Blauröcke benützte ein glänzendes, kleines Werkzeug, um die Luke zu öffnen. Weiße Feder stellte sich hinter Gelbes Haar. In dem Haus war sicher etwas Gefährliches.
Warum wäre es sonst so gut verschlossen?
Doch in dem Haus befand sich nur ein einziger Mann. Er saß in einer Ecke, und er hatte eine

Decke über den Schultern und ein schmales Band um die Stirn. Als er Weiße Feder sah, sagte er im Dialekt des Lakota-Volkes:
„Sollst du auch hier eingesperrt werden, junger Bruder?"
Eingesperrt werden!
Weiße Feder drehte sich um und wollte fliehen, aber einer der Blauröcke packte ihn.
Er versuchte, sich aus dem Griff herauszuwinden. Er schlug und trat um sich. Er hörte die anderen mit lauten Stimmen reden, während er zu der Bank geführt wurde, wo der Mann mit dem Stirnband saß.

Zwei Hörner

Weiße Feder war wütend – und er hatte Angst. Er fühlte sich hereingelegt. Er sah alles wie durch einen brennenden roten Nebel.

Aber durch den Nebel hörte er, wie der Mann mit dem Stirnband sagte:

„Ruhig, mein junger Bruder. Man hat nicht die Absicht, dich hier festzuhalten."

„Aber ... warum ..."

Es fiel ihm schwer, Worte zu finden. Er hatte schon so lange nichts mehr gesprochen.

„Du sollst durch mich zu den Weißen sprechen", sagte der andere. „Darum hat man dich hierhergeführt. Ich bin Zwei Hörner, und ich kenne die Sprache der Weißen."

Weiße Feder sah sich um. Gelbes Haar stand neben ihm. Einer der Blauröcke stand am Eingang. Er hielt die Waffe in der Hand. Der andere war draußen zu sehen. Auch er hielt seine Waffe bereit.

Gelbes Haar sagte etwas zu Zwei Hörner. Zwei

Hörner schwieg und sah ihn an. Von draußen drang Hufgetrappel herein.

„Warum bist du hier, Zwei Hörner?" fragte Weiße Feder.

Zwei Hörner beugte sich nach vorn und packte den Rand der Bank. Der Blaurock nahm seine Waffe hoch. Die Hufschläge verstummten.

„Seit langem habe ich die Sonne nicht mehr gesehen", sagte Zwei Hörner leise. „Sie wollen mich nicht von hier weglassen."

Weiße Feder sagte nichts. Warum ließen sie Zwei Hörner nicht die Sonne sehen? Gehörte die Sonne nicht allen Menschen?

„Ich kam hierher, um Pferde zu erobern", sagte Zwei Hörner. „Ich wollte, daß meine Söhne es besser hätten. Aber ich wurde entdeckt, und dann haben sie mich hierher gebracht. Lieber wäre ich im Kampf gefallen."

Das Lakota-Volk zählte seinen Reichtum nach Pferden.

„Zahllose Büffel habe ich auf der Prärie verfaulen sehen. – Die Weißen Jäger hatten einfach ihre Felle geholt", sagte Zwei Hörner, „und kei-

ner hat uns um Erlaubnis gefragt. Warum sollte ich dann keine Pferde von den Weißen nehmen?
Warum haben die Weißen Rechte, die wir nicht haben?"
Zwei Hörner sprach jetzt lauter; er saß geduckt, als bereite er sich auf einen Sprung vor. Der Blaurock am Eingang hielt seine Waffe bereit ...
„... weil wir so wenige sind", setzte Zwei Hörner bitter fort. „Und die Weißen sind wie Heuschrecken, die so dicht fliegen, daß der ganze Himmel verfinstert wird. Es gibt mehr Weiße als Laub an den Bäumen. Und wenn du viele Monde lang an deinen Fingern zählst, so könntest du sie doch nicht alle zählen. Denke daran, junger Bruder. Vergiß meine Worte nicht. Ich habe lange geschwiegen, und viele Worte haben sich in meinem Herzen angesammelt."
Zwei Hörner verstummte. Eine Fliege surrte in einer Ecke. Vor dem Eingang hatten sich viele Blauröcke angesammelt. Gelbes Haar sagte etwas.

Zwei Hörner richtete sich auf. Dann lehnte er sich an die Wand und schloß die Augen.
„Sie wollen wissen, woher du kommst und wohin du unterwegs bist“, sagte er.
Weiße Feder wußte nicht, was er sagen sollte. Zwei Hörners Haß auf die Weißen ließ ihn verstummen. Er wollte fliehen. Er wollte mit seinen Schwestern am Fluß sein.
Er wollte nicht sagen, wie es war – daß er zu den Weißen unterwegs war, um ihre Sprache zu lernen.
„Ich bin der Sohn des Grauen Bären und heiße Weiße Feder“, sagte er leise.
„Und woher kommst du, Weiße Feder?“
„Diesen Sommer haben wir unser Lager einen halben Tagesritt von der Agentur aufgeschlagen“, sagte Weiße Feder.
„So heißen viele Orte“, sagte Zwei Hörner. „Aber da ich niemanden namens Grauer Bär kenne, so muß deine Agentur weit weg von hier liegen.“
Es wurde wieder still. Der Blaurock am Eingang bewegte sich ungeduldig. Gelbes Haar und

Zwei Hörner sprachen miteinander. Das brachte Weiße Feder auf einen Gedanken.
„Wo hast du gelernt, wie die Weißen zu sprechen?“ sagte er.
Zwei Hörner wandte sich zu ihm. Weiße Feder blickte in das Gesicht eines alten Mannes mit müden Wangen und einer glänzenden Narbe am Kinn.
Zwei Hörner lächelte, doch seine Augen blieben finster.
„Ich diente einst bei den weißen Soldaten“, sagte er. „Damals war ich ein junger Krieger, der noch an die Versprechen der Weißen von Friede und Freundschaft glaubte.“
Friede und Freundschaft!
Weiße Feder fühlte die Scheibe auf seiner Brust, und er dachte an seinen Vater.
„Ich bin zu den Weißen unterwegs, um ihre Sprache zu lernen“, sagte er.

Ein großartiges Geschenk

Weiße Feder biß in seine Decke und starrte auf den Boden. Nach langem, beunruhigendem Schweigen spürte er Zwei Hörners Hand auf seiner Schulter.

Zwei Hörner sagte nichts, aber seine Hand beruhigte Weiße Feder.

Er begann, von der Reise zu erzählen und davon, wie er aus dem rollenden Haus gefallen war und danach zu Gelbes Haars Lager im Wald gekommen war.

„Die Weißen nennen es Eisenbahn“, sagte Zwei Hörner.

Dann sprach er mit Gelbes Haar. Er sprach lange – auch Gelbes Haar und die anderen redeten viel und lang. Einer der Blauröcke vor der

Tür machte lebhafte Gesten und fuchtelte und lachte.

Zwei Hörner hielt während dieser ganzen Zeit seine Hand auf Weiße Feders Schulter, und als die anderen zu Ende gesprochen hatten, sagte er:

„Willst du immer noch die Sprache der Weißen lernen?"

Weiße Feder nickte.

Von neuem redeten sie alle durcheinander, und als es wieder still wurde, sagte Zwei Hörner:

„Deine Freunde sind nicht weit weg von hier. Dieser weiße Mann will dich zu ihnen begleiten. Sie sind an einem Ort, den die Weißen Sioux City nennen. Er ist selbst als Fremdling in dieses Land gekommen, und daher will er dir jetzt helfen. Ich glaube, daß du ihm vertrauen kannst."

Weiße Feder verstand nicht, was Zwei Hörner meinte. Wie konnte ein Weißer in seinem eigenen Land ein Fremdling sein? Gab es etwa mehrere weiße Stämme, genau wie bei den Roten?

Er sah vorsichtig zu Gelbes Haar hoch.

Gelbes Haar lächelte ihn an und machte ihm ein Zeichen, ihm zu folgen.
„Ihr habt nicht viel Zeit", sagte Zwei Hörner. „Die Leute hier haben von der Reise deiner Freunde nach Osten gehört, ich weiß nicht wie oder warum. Sie glauben, daß deine Freunde Sioux City noch vor Sonnenuntergang verlassen werden. Halte deine Augen offen, junger Bruder."

Sie gingen zurück zu einem großen Lager. Sie gingen rasch, denn Gelbes Haar brauchte jetzt nicht mehr nach dem Weg zu fragen.
Sie kamen an ein langes, niederes Gebäude, wo es viele Pferde gab. Ein alter Mann mit weißen Haaren im Gesicht und einem fleckigen Hut war auch dort.
Gelbes Haar sprach mit dem Alten und gab ihm ein paar grüne Scheine, und der Alte nahm sie und führte eines der Pferde heraus. Es war ein Mietstall, und es war ein großes Pferd mit schwarzer Mähne. Der Alte streichelte es und legte ihm einen Sattel auf, während er ununter-

brochen mit dünner, piepsender Stimme sprach. Ab und zu sah er Weiße Feder an und zwinkerte mit einem Auge.

Weiße Feder konnte nicht verstehen, warum ihnen dieser alte Mann ohne weiteres ein Pferd gab. Ein Pferd war ein großes Geschenk.

Er dachte an Zwei Hörner. Zwei Hörner hatte

versucht, ein paar Pferde von den Weißen zu erobern, und darum hatten sie ihm verboten, die Sonne zu sehen.

Aber Gelbes Haar bekam jetzt dieses große Pferd geschenkt. Kam das daher, weil er weiß war?

Aber man hatte ihm doch gesagt, daß Gelbes Haar ein Fremder in seinem eigenen Land sei?

Die Weißen lebten wirklich in einer sonderbaren Welt. Man bekam Pferde – aber nirgends bekam man etwas zu essen.

Gelbes Haar saß schon im Sattel und machte Weißer Feder ein Zeichen, daß er hinter ihm aufsitzen solle.

Der alte Mann winkte ihnen freundlich nach, als sie durch die Häuser davonritten.

Sie ritten über die Ebene und kamen an die Eisenbahnlinie. Von dort an folgten sie den langen eisernen Stangen.

Die Sonne begann schon zu sinken, aber bis zu den blauen Bergen auf der anderen Seite der Ebene mußten sie noch ein gutes Stück zurücklegen.

Weiße Feder überlegte, ob sie noch rechtzeitig zu dem Ort mit dem eigenartigen Namen kommen würden, wo seine Kameraden jetzt waren. Aber er machte sich keine Sorgen. Er war zu müde.

Er hatte viel gesehen, was er nicht verstand, und sein Herz war so voller Fragen, daß er es nicht mehr schaffte, nach Antworten zu suchen.

Sie kamen an einen Fluß mit hellbraunem, bitterem Wasser. Sie wuschen ihre Gesichter und aßen von dem Brot der Weißen. Weiße Feder sehnte sich nach Fleisch.

Sie ritten über eine große Brücke aus Stöcken und setzten ihren Ritt fort, immer auf die sinkende Sonnenscheibe zu – der weiße Mann mit dem gelben Haar und der halb schlafenden Lakota-Junge hinter ihm.

Ein gutes Zeichen – oder ein schlechtes?

Die Sonne stand noch am Himmel, als sie in Sioux City ankamen.

Der Ort wirkte verlassen. Sie sahen nicht viele Menschen. Die Häuser warfen lange Schatten auf den Sand.

In dem roten Abendlicht wirkten alle Farben unnatürlich blaß. Weiße Feder wurde jetzt wieder von seiner alten Unruhe befallen.

Was würde mit ihm geschehen, wenn die anderen schon aufgebrochen waren?

Wie sollte er es alleine schaffen, zu der Schule der Weißen zu reisen, wo man ihre Sprache lernen durfte.

Gelbes Haar hatte ihm schon so viel geholfen. Auf noch mehr Hilfe konnte er nicht hoffen.

Sie ritten langsam durch die Häuser. Die Pferdehufe klopften gegen den Sandboden, und aus einiger Entfernung drangen Rufe und Geschrei. Gelbes Haar brachte das Pferd zum Stehen und rief einer alten Frau etwas zu, die vor einem Haus stand, und die alte Frau zeigte und rief zurück.

Sie ritten weiter, bis sie an einen offenen Platz kamen. Hier waren viele Menschen – und auf der anderen Seite konnte man die Dächer der rollenden Eisenbahnhäuser sehen.

Sie waren rechtzeitig angekommen.

Die Menschen waren vor einem großen Haus versammelt, das im Schein des Abendhimmels braun leuchtete. Alle standen mit den Gesichtern zum Eingang, als warteten sie auf ein besonderes Ereignis.

Weiße Feder spürte, daß die anderen in dem Haus waren.

Sie stiegen vom Pferd, und Gelbes Haar band es an einen Pfahl. Sie gingen zu den Menschen hin. Einige Männer riefen Gelbes Haar etwas zu, und die in der Nähe standen, drehten sich nach ihm um. Irgend jemand lachte und streckte ihnen eine Eisenwaffe entgegen, und ein kleiner Junge lief zu Weiße Feder, faßte ihn an und lief wieder weg. Dann drehte er sich um und streckte die Zunge raus.

Gelbes Haar legte den Arm um Weiße Feders Schulter und drängte sich mit ihm zum Eingang vor. Dort stand ein Blaurock und hinderte sie am Eintreten. Gelbes Haar sprach mit ihm, da trat er zur Seite und ließ sie hinein.

Sie gingen durch ein kleines, dunkles Zimmer und kamen dann in einen größeren und helleren Raum. Hier waren die anderen. In ihre Dekken gehüllt, saßen oder lagen sie auf dem Boden. Einige schienen zu schlafen.

Im Zimmer war auch der Mann in den Kleidern der Weißen, der von Anfang der Reise an dabeigewesen war. Als er Weiße Feder erblickte, sah er überrascht und froh aus; er hob die Arme und sagte den anderen, daß der vermißte Junge jetzt wieder da sei.

Die Lakota-Kinder auf dem Boden guckten Weiße Feder an. Einige kamen zu ihm und begannen, ihn auszufragen.

„Es sind Leute ausgeritten, um nach dir zu suchen“, sagte der Mann in den Kleidern der Weißen. „Und jetzt bist du auf einmal wieder hier bei uns. Wie kannst du das erklären?“

Jetzt blickte er verärgert drein, und Weiße Feder wußte nicht, was er sagen sollte. Es fiel ihm schwer, alles auszudrücken, was er erlebt hatte.

Plötzlich merkte er, daß niemand mehr hinter ihm stand. Er drehte sich um und sah Gelbes Haar durch die Tür verschwinden. Er wollte ihm nachlaufen, doch irgend etwas in seinem Inneren hielt ihn zurück.

Vielleicht wußte er, daß es doch keinen Sinn hatte.

Sie sprachen nicht dieselbe Sprache.

„Ein weißer Mann hat mir geholfen“, sagte er.

Dann fragte er, ob er etwas zu essen haben könne.

Es wurde Zeit weiterzureisen.

„Wir gehen jetzt zur Eisenbahn“, sagte der Mann in den Kleidern der Weißen. „Ihr wißt, was ihr von den Leuten da draußen zu erwarten habt. Ihr wißt auch, daß ihr euch nicht um sie kümmern sollt. Und alle müssen sich wieder auf denselben Platz setzen wie vorher."

Alle drängten sich hinaus. Sie schubsten sich und zankten in der Tür. Ein Junge hatte seine

Decke vergessen, und als er zurückwollte, entstand beinahe eine Prügelei.
In einer langen Reihe gingen sie über den Platz, die Kleinsten in der Mitte. An den Seiten standen die Weißen. Viele riefen und winkten und schnitten Gesichter. Einige lachten.
Weiße Feder sah, daß Gelbes Haars Pferd nicht mehr da war. Auch Blauröcke waren in der Menge, und als ein paar weiße Jungen versuchten, sich den Lakota-Kindern in den Weg zu stellen, scheuchten die Blauröcke sie weg.
Es war nicht weit zur Eisenbahn, und bald saßen alle in den Wagen. Die Weißen standen draußen und starrten sie durch die offenen Fenster an.
„Warum sind sie so neugierig?“ wollte jemand wissen.
„Sie haben von den Taten unserer großen Krieger gehört“, erwiderte ein anderer.
„Glauben sie vielleicht, daß wir auch große Krieger sind?“
„Vielleicht wissen sie nicht, daß Frieden ist . . .“
So unterhielten sie sich, während die Weißen

draußen standen und guckten. Ein paar von ihnen warfen kleine, blanke, runde Scheiben durch die Fenster. Weiße Feder erkannte sie. Das war das *Geld*, von dem Langes Kinn in der Agentur gesprochen hatte und das so große Macht besitzen sollte.

Die kleineren Kinder hoben das Geld auf und zankten sich darum. Zwei Buben begannen sich sogar zu prügeln. Einer der älteren Jungen trennte sie.

„Werft sie zurück“, sagte er. „Die Weißen können mit ihren sprechenden Zeichen eure Namen zeichnen, und dann weiß niemand, was mit euch geschieht.“

„Woher können sie denn unsere Namen wissen?“ fragte einer der Jungen, der sich geprügelt hatte.

Aber sie warfen das Geld doch zurück, und die Weißen lachten und schüttelten die Köpfe.

Der Wagen begann sich zu bewegen, aber diesmal bekamen sie keine Angst. Die Menschen und Häuser verschwanden. Bald waren nur noch Bäume und die Ebene zu sehen.

Weiße Feder war müde. Er hatte inzwischen viel von seinen Abenteuern bei den Weißen erzählt. Nun zog er die Decke über den Kopf und lehnte sich gegen die rüttelnde Wand und schlief ein.
Er träumte, daß er mit seinem Vater und anderen Jägern aus seinem Dorf auf Büffeljagd war. Er ritt auf seinem Lieblingspony – und plötzlich war er allein.
Er kam auf eine Ebene hinaus, und dort stand ein gewaltiger Büffel mit hellem Rücken und vier Hörnern.
Er hob sein Gewehr, konnte aber nicht schießen.
Der Büffel starrte ihn an und hob seinen großen Kopf, daß die Augäpfel weiß aufleuchteten – und dann war er plötzlich verschwunden.
Weiße Feder wachte auf. Draußen war es dunkel. Im Westen, wo die Sonne untergegangen war, leuchtete der Himmel noch rot.
Träume waren sehr wichtig. Sie konnten über die Zukunft sprechen. Daher rätselte Weiße Feder lange daran herum, was der Traum wohl bedeuten mochte.

Vier Hörner hatte der Büffel gehabt. Vier war eine heilige Zahl. Vielleicht war es Wakan-Tanka, der Große Geist, der sich ihm in Gestalt eines Büffels gezeigt hatte? Dann wäre der Traum ein gutes Zeichen. Aber dann war der Büffel verschwunden. Und er hatte ihn nicht erschießen können. Vielleicht würde er nie mehr auf einen Büffel schießen können?

Hatte sein Vater nicht gesagt, daß die Zeit der Büffeljagd jetzt vorbei war!

Der Traum konnte auch ein schlechtes Zeichen sein.

Weiße Feder machte sich große Sorgen um die Zukunft. Er sehnte sich nach seinen Eltern und Verwandten.

Alle im Wagen schienen zu schlafen. Weiße Feder nahm seine Decke und legte sich dicht neben einen der älteren Jungen auf den Boden.

Der Wagen rüttelte durch die Dunkelheit. In dem Wagen schliefen neunundfünfzig Lakota-Kinder, die nach Carlisle fuhren, um in der

Schule wie die Weißen sprechen und arbeiten zu lernen.
Sie kamen aus verschiedenen Reservaten – aus Gebieten, die den Roten überlassen worden waren, nachdem die Weißen ihnen ihre Jagdgründe weggenommen hatten.
Danach sollten die Kinder in die Reservate zurückkehren und ihrem Volk dort beibringen, wie die Weißen zu leben, zu arbeiten und auch zu sprechen.
Einige starben in Carlisle.
Viele kehrten zu ihrem Volk zurück, ohne die Sprache der Weißen gelernt zu haben.
Ein Teil der Kinder lernte, wie die Weißen zu sprechen und zu arbeiten, und fuhr dann in die verschiedenen Reservate zurück.
Einige blieben für immer bei den Weißen, wo sie meistens in großer Armut lebten.
Weiße Feder war eines von diesen neunundfünfzig Kindern. Er schlief.

Wie hätte Weiße Feder es heute?

Was in diesem Buch steht, ist wahr, es ist in Wirklichkeit geschehen: Vor rund hundert Jahren (1879) wurde der Lakota-Junge Plenty Kill in die Schule der Weißen nach Carlisle geschickt. Später berichtete er in einem Buch „My People, the Sioux" (Mein Volk, die Sioux) über seine Erlebnisse.

Wenn man von den Indianern Nordamerikas spricht, denkt man wohl vor allem daran, wie es früher war, zu Weiße Feders Zeiten – oder noch früher, als die Indianer sich noch gegen die Weißen verteidigten. Das sind die „aufregenden" Indianer, die Indianer, über die Bücher geschrieben werden und die man im Kino oder Fernsehen sieht.

Diese Kämpfe sind jetzt schon lange vorbei. Die Indianer sind besiegt. Sie sind nicht mehr „gefährlich“. Man denkt kaum noch daran, daß immer noch Indianer in Nordamerika leben – und dennoch sind sie heutzutage zahlreicher als zu Weiße Feders Zeiten. Man schätzt, daß ungefähr eine Million allein in den USA leben.

Wie hätte es Weiße Feder, wenn er heute leben würde? Hätte er es gut?
Das ist eine schwierige Frage. Es gibt viele Indianerjungen, und alle haben wohl ihre verschiedenen Probleme. Und dann muß man zuvor wissen, was man damit meint, wenn man sagt, „es geht einem gut“.
Denkt man dabei an Geld, an Kleider und all die vielen Sachen, die uns so wichtig erscheinen – dann hat er es wahrscheinlich nicht gut. Man kann ohne weiteres sagen, daß die Indianer auf diesem Gebiet schlechter dran sind als die meisten anderen Bewohner Nordamerikas.
Aber wenn man dabei an Gemeinschaft, Zusammenhalt innerhalb der Familie und Verwandt-

schaft, Freigebigkeit, Humor und Hilfsbereitschaft denkt – dann geht es ihm sicher besser als vielen anderen.
Auf jeden Fall, wenn er in einem Reservat wohnt.

Ich werde jetzt ein bißchen von einem Indianerjungen erzählten, den ich kennengelernt habe. Er heißt Peter Attack Him (Greif Ihn An); er ist zehn Jahre alt, und er ist klein und lebhaft und lacht gern. Er spielt leidenschaftlich Baseball, liebt seinen Hund und ist ziemlich tüchtig in der Schule.
Genau wie Weiße Feder ist Peter ein Lakota-Junge (wir nennen das Volk der Lakota die Siouxindianer), und er spricht sowohl seine eigene Sprache als auch Englisch. Er wohnt im Dorf Porcupine im Indianerreservat Pine Ridge in Süd-Dakota.
Porcupine bedeutet Stachelschwein, und die gibt es hier auch, allerdings sind sie ziemlich selten. Es gibt hier auch Hirsche, Präriehunde, Skunks und Klapperschlangen und viele andere

Tiere, die wir vielleicht besonders interessant finden; Peter findet das nicht.
Präriehunde sind für ihn genauso gewöhnlich wie für uns Eichhörnchen, und Klapperschlangen kann er genausowenig leiden wie wir die Kreuzottern.
Dort, wo Peter wohnt, gibt es nicht viel Wald. Auf den Hügeln und Bergrücken wachsen Kiefern, entlang der Bäche Laubbäume, aber sonst ist die Landschaft öde und kahl. Daher weht dort immer ein Wind.
Die Sommer sind warm und sehr trocken. Das Gras auf den Hügeln wird ganz braun. Peter und seine Freunde haben breitkrempige Strohhüte auf zum Schutz gegen die Sonne. Sonst sind sie ungefähr gekleidet wie wir. Am liebsten trägt Peter ein kariertes Hemd und Jeans.
Manchmal, an Festtagen, zieht Peter das Indianerkostüm an, das seine Mutter genäht hat. Sie hat sich viel Mühe damit gemacht. Die Mokassins sind mit Perlen verziert, und im Kopfputz stecken echte Adlerfedern. An das Kostüm sind auch Glöckchen angenäht, besonders an

den Hosenbeinen, und wenn Peter tanzt, klingeln die Glöckchen im Takt der Trommeln.

Bei den Festen ißt man Brot und gekochtes Fleisch, und dann tanzt man die alten Indianertänze. Die Musikanten sitzen rings um eine große Trommel und schlagen mit Holzhämmern den Takt, während sie die verschiedenen Lieder des Stammes singen. Die Tanzschritte sind ziemlich kompliziert, und es dauert lange, bis man sie gelernt hat.

Peter hat viele Jahre lang Unterricht im Indianertanz bekommen.

Vor ungefähr einem Jahr wollte er plötzlich nicht mehr in den Tanzunterricht gehen, und als er gefragt wurde, warum, brummte er nur und antwortete nicht.

Aber eines Abends kam es heraus:

„Es sind nur Indianer, die tanzen“, sagte er leise.

Seine Eltern begriffen nichts, und Peter wollte auch nichts mehr sagen, aber als er eingeschlafen war, hatte seine Mutter eine Idee. Sie sah in seine Schultasche. Dort lag ein neues Lesebuch. In dem Buch wurde von dem Kampf der Siedler

und Soldaten gegen die grausamen Indianer erzählt.
Das hatte Peter gelesen, und jetzt wollte er kein Indianer mehr sein!
Vorher hatte er vielleicht nicht so viel daran gedacht. Da war er einfach ein munterer Junge gewesen, der manchmal Streiche machte, Baseball und Hunde mochte und in der Schule ziemlich tüchtig war.
Jetzt wurde er daran erinnert, daß er Indianer war. Aber nach ein paar Tagen ging er wieder in den Tanzunterricht.

Ich erwähnte vorhin, daß Peter Attack Him in einem Reservat wohnt. Über die Hälfte von Nordamerikas Indianern wohnen in einem Reservat.
Reservat ist kein gutes Wort. Es führt leicht zu Mißverständnissen. Viele glauben, daß es ein eingezäuntes Gebiet ist, wie ein großes Lager. Aber so ist es gar nicht. Die meisten Reservate sind sehr große Gebiete, die einem gewissen Indianerstamm gehören, und dort gibt es Straßen

und Läden und Tankstellen und Schulen und Kirchen und Ortschaften.
Natürlich gibt es keine Zäune oder Grenzmarkierungen um diese Gebiete. Man kann im Auto durch ein Indianerreservat fahren, ohne es überhaupt zu bemerken. Vielleicht findet man, daß die Straße ungewöhnlich schlecht ist und daß die Landschaft sehr karg wirkt. Vielleicht findet man auch, daß die Häuser klein und verwahrlost aussehen und daß um sie herum ziemliche Unordnung herrscht.
Das kommt unter anderem daher, daß die Indianer meistens wenig Geld haben und daß ihnen geselliges Beisammensein und Familienleben wichtiger sind als ordentliche Gärten und Häuser.
Peter wohnt mit seinen Eltern und vier Geschwistern in einem kleinen, weißen Holzhaus, das ziemlich ungepflegt aussieht. Sie haben es natürlich eng. Aber sie klagen nicht. Es gibt Familien, denen es schlechter geht. Es ist keine Seltenheit, daß sieben- bis achtköpfige Familien während des ganzen Jahres in kleinen Wohnwa-

gen leben, die sie auf Raten gekauft haben. Viele haben weder fließendes Wasser noch Elektrizität.

Hof und Garten von Peters Familie sehen auch nicht besonders gepflegt aus. Dort stehen zum Beispiel vier Autos. Sie sind rostig und kaputt, und fahren kann nur eines von den vieren.

Peters Vater kann es sich nicht leisten, ein neues Auto für viel Geld zu kaufen. Daher muß er sich mit einem alten kaputten Auto begnügen. Ein solches Auto hält nicht sehr lange, und meist ist es zu teuer, es reparieren zu lassen. Da ist es billiger, ein „neues" gebrauchtes Auto zu kaufen und zu hoffen, daß es noch lange hält. Denn ein Auto muß man haben. Die Entfernung zwischen den einzelnen Dörfern sind groß, und bis zum nächsten Laden sind es oft viele Kilometer.

So häufen sich die Autowracks ...

Peters Vater hat wenig Geld, aber arbeitslos ist er nicht. Er unterrichtet ein paar Stunden wöchentlich als Englischlehrer an einer Schule des Reservats. Sonst sind beinahe alle Lehrer Weiße. Das kommt daher, daß die Indianer nur

in den seltensten Fällen die notwendige Ausbildung haben. Viele Erwachsene können kaum lesen und schreiben.
Auch dafür gibt es eine Erklärung. Früher, als sie klein waren und in die Schule gingen, erfuhren sie, daß es verboten sei, in der Schule die Lakota-Sprache zu sprechen. Alle sollten Englisch sprechen. Alle sollten so schnell wie möglich gute Amerikaner werden. Von einer Indianersprache wollte man nichts wissen.
Daher bekamen viele Kinder Angst vor der Schule und gingen nur noch selten, oft auch nie mehr hin. Und man gab sich sicher keine allzu große Mühe, sie zu zwingen.
Und jetzt gibt es also eine Menge Erwachsener, die beinahe gar keine Schulbildung haben.
Aber die Verordnung, daß es verboten sei, in der Schule Lakota zu sprechen, ist schon lange aufgehoben worden.

Über die Hälfte der Männer des Reservats, in dem Peter wohnt, sind arbeitslos. Sie wollen arbeiten – aber was sollen sie tun? Noch gibt es

hier keine Fabriken, keinen Straßen- oder Häuserbau und nicht viele Läden. Und der Boden eignet sich nicht für Ackerbau.
Viele vermieten einen Teil ihres Landes an weiße Farmer, die es als Weideland für ihre Kühe, Schafe und Pferde benützen. Dieses Mietgeld spielt als Versorgung im Reservat eine große Rolle. Viele Familien leben beinahe ausschließlich davon.
Wer arbeiten will, muß folglich das Reservat verlassen und sich anderswo niederlassen. Und das will man nicht. Viele haben es versucht – aber die meisten sind zurückgekommen.
Im Reservat besteht eine starke Gemeinschaft. Hier ist man ein gewöhnlicher Mensch.
Außerhalb des Reservats wird man plötzlich zu einem anderen Menschen: zu einem Indianer.
Wer sein Leben in engem Kontakt mit anderen verbracht hat, wird auch sehr empfindlich für das, was andere finden und denken. Und diejenigen, die das Reservat verlassen, fühlen oft, was ihre Vorgesetzten und Arbeitskollegen über sie denken.

Er ist ja ein Indianer, denken sie vielleicht, obwohl sie es nicht aussprechen. Kann man einem Indianer vertrauen? Sind sie nicht faul? Aber ich werde freundlich zu ihm sein. Sie können einem ja leid tun ...

In Detroit, Chicago oder einer der anderen Riesenstädte könnten sie vielleicht in den großen Fabriken Arbeit finden. Doch für den, der in der großzügigen, weiten, stillen Hügellandschaft von Süd-Dakota aufgewachsen ist, gibt es viele Gründe, sich dort nicht wohl zu fühlen.

Trotz der Armut wohnen die meisten am liebsten in ihrem eigenen Land. Hier gibt es eine Gemeinschaft. Hier sind sie gewöhnliche Menschen. Hier haben ihre Vorfahren einst um ihre Freiheit gekämpft. – Und bei klarem Wetter kann man im Nordwesten am Horizont die blauen Höhenzüge der Black-Hill-Berge sehen.